오후, 가로지르다

도서출판 아시아에서는 《바이링궐 에디션 한국 대표 소설》을 기획하여 한국의 우수한 문학을 주제별로 엄선해 국내외 독자들에게 소개합니다. 이 기획은 국내외 우수한 번역가들이 참여하여 원작의 품격을 최대한 살렸습니다. 문학을 통해 아시아의 정체성과 가치를 살피는 데 주력해 온 도서출판 아시아는 한국인의 삶을 넓고 깊게 이해하는 데 이 기획이 기여하기를 기대합니다.

Asia Publishers presents some of the very best modern Korean literature to readers worldwide through its new Korean literature series 〈Bilingual Edition Modern Korean Literature〉. We are proud and happy to offer it in the most authoritative translation by renowned translators of Korean literature. We hope that this series helps to build solid bridges between citizens of the world and Koreans through a rich in-depth understanding of Korea.

바이링궐 에디션 한국 대표 소설 032

Bi-lingual Edition Modern Korean Literature 032

Traversing Afternoon

하성란
오후, 가로지르다

Ha Seong-nan

ASIA
PUBLISHERS

Contents

오후, 가로지르다

Traversing Afternoon

1

사무실 입구에서 여자의 '큐비클'까지는 꼭 마흔두 걸음이었다. 좌우 양쪽에 늘어선 큐비클들 사이를 따라 걷다 보면 좁고 막다른 골목 끝의 집처럼 여자의 큐비클이 나타났다. 다시 말하자면 여자의 자리는 사무실 가장 안쪽이었다. 사내에서 입사 연도가 제일 오래된 축에 낀다는 걸 의미했다. 하지만 요즘 여자는 자신이 밀릴 데까지 밀렸다는 생각을 하고 있다.

키스 해링의 그림엽서 옆엔 박항률의 소녀의 옆얼굴 그림이 붙어 있다. 전시회 포스터로 전시 기간은 이미

1

It took her exactly forty-two steps from the entrance of the office to reach her "cubicle." After walking some distance through the passageway formed by rows of cubicles on either side, she would dart into her own space, which appeared like a house at the end of a narrow, dead-end alley. In other words, her cubicle was in the innermost recesses of the office. This meant that she was among those who had worked at the company the longest. But these days she was feeling as if she had hit a wall.

이 년이나 지나 있다. 화가 시리즈인가 싶어 다음엔 피카소나 김창렬 혹은 앤디 워홀의 그림이 아닐까 생각하지만 웬걸 웃통을 다 벗은 채로 열창하고 있는 프레드 머큐리가 있다. 1982년 퀸의 몬트리올 공연 포스터였다. 그렇다면 다음은 슬슬 스팅 정도가 나오지 않을까, 라는 예상도 보기 좋게 빗나간다. 누군가 대학 체육회 때 입었던 듯한 티셔츠를 걸어두었다. 운동장을 한참 굴렀는지 빨아도 지지 않는 붉은 흙물이 엷게 들어 있다. 강조하고 싶은 것이 가슴패기에 프린트된 출신 학교인 건지 운동장을 뒹굴던 그때의 열정인 건지 알 수는 없다.

활기차고 예측불허인 골목을 들어가다 보면 어느 순간 신도시와 구도시의 경계가 확연하듯 낯선 분위기의 큐비클들이 나타난다. 한눈에도 낡고 얼룩이 튄 듯한 전체적으로 골고루 색이 바랜 큐비클들이다. 물론 이 큐비클들의 바깥 칸막이에도 장식은 있다. 사진이나 그림 같은 이미지보다는 활자 세대에 어울리는 글귀들이라는 것이 좀 다르다면 다르지만.

'뒤로 물러서지 않기 위한 유일한 방법은 앞으로 나아가는 것이다'라고 말한 건 스티브 잡스 아니었나? 그런

Next to the Keith Haring postcard was a picture of a girl's profile by Park Hang-ryul, a poster from an exhibit two years earlier. One might think this was perhaps a series of painters, that pictures by Picasso, Kim Chang-Yeul, or Andy Warhol would follow. But no, the next one was shirtless Freddie Mercury, singing passionately. This was the 1982 Montreal concert poster for Queen. Might the next poster be Sting? But this expectation was also frustrated. Somebody had hung up a T-shirt that might have been worn during some college athletic event. It looked as if its owner had rolled around in the dirt a lot. It was dyed a light rust color that couldn't be washed out. It was hard to know whether the owner wanted to show off his alma mater, whose name was printed across the front or display the passion with which he once rolled around on the ground.

Just the way you sometimes came across a clear demarcation between old and new on a tour of some unpredictably lively alley in the city, you occasionally encountered cubicles with strange features. There were cubicles that looked old and stained at first glance, their color completely faded. Of course, there were also decorations on their

문구를 낯 뜨거운 줄도 모르고 잘도 써서 붙여 놓다니 모르긴 몰라도 대표의 자리가 확실할 것이다. 그렇다면 그 사람도 지금 밀리고 있는 건가?

여자의 큐비클엔 무언가를 붙였던 압정 네 개만 꽂혀 있을 뿐이다. 마지막으로 뭘 붙였는지 그게 언제 떨어진 건지 기억나지 않는 걸 보면 일이 주 전의 일은 아니다. 종이에 뭘 적었는지도 기억나지 않는다. 하지만 뭔가가 붙어 있었다는 증거처럼 한 개의 압정에 종잇조각이 간당간당 물려 있다.

칸막이 밖의 이런 장식들은 당연히 안에 앉은 장본인들에겐 보이지 않는다. 순전히 자신을 알리려는 일종의 메시지이다. 큐비클이라는 폐쇄적인 구조 속에서 자신을 알릴 유일한 방법이다. 진로를 바꾸는 데 결정적인 역할을 했던 어릴 적 상장을 붙여 놓기도 하고 경주 수학여행에서 사왔음직한 조잡한 에밀레종을 달아 놓은 이도 있다. 가장 많은 건 아무래도 대량 생산되는 포스터들이다. 무얼 장식하느냐에 따라 취향은 물론 자신의 정체성까지도 드러나는 것이다. 큐비클맨의 일상을 다뤄 유명해진 만화의 캐릭터인 딜버트를 붙여 놓았다면 그나마 의중은 쉽게 파악되고도 남는다. 외부에 자신을

outer walls. The only difference was that these decorations were phrases, appropriate for the print generation, rather than photographs or pictures.

"In order not to go backward, our only choice is to go forward." Was it Steve Jobs who said that? Given the boldness of the person who came up with that motto, the owner of this cubicle must be the chief. *If so, was he also feeling pushed out?*

The only thing stuck to the outer wall of her cubicle was four pushpins that had once been used to hang something. Given that she couldn't remember what she hung there last or when she took it down, it couldn't have been just a week or two ago that she stuck something up. She couldn't remember what she might have written on the paper. But as if to prove something had once been there, a tiny piece of paper dangled from one of the pushpins.

Sitting inside the cubicles, their owners couldn't, of course, see these decorations on the outer walls. They were there purely as messages about themselves for others. They were indeed the only way to express personality in these cramped and sealed-off spaces. Someone hung a certificate of merit he received as a child that changed the

알리고자 하는 욕구가 크면 클수록 칸막이 한 면이 온갖 이미지들로 도배되다시피 하기도 한다. 결국은 자신을 알리는 효과가 반감될 뿐더러 중심이 없는 사람이라는 인상을 주기도 한다.

여자의 머리로는 도저히 이해가 가지 않는 것을 붙여놓은 이도 있다. 가까이에서 보면 물감 덩어리처럼 보인다. 모네의 수련인가, 싶지만 그림이 아니라 실제로 물감 같은 것을 덕지덕지 발라 놓았다. 좀 떨어져서 보지만 알 수 없기는 마찬가지이다. 만져보기는 싫다. 왠지 기분이 나빠지는 이상한 어떤 것이다.

큐비클이 사무실에 설치되던 초창기에 여자도 자신의 큐비클 치장에 공을 들였었다. 이십여 년 전 다닌 회사의 여직원회에서 했던 일 중 하나가 화장실이나 엘리베이터에 격언이나 시구를 적어 붙이는 일이었다. 바람이 분다 오늘도 살아야겠다, 라거나 가야 할 때가 언제인가를 분명히 알고 가는 이의 뒷모습은 얼마나 아름다운가 등의 시구를 적고 예쁜 그림으로 장식을 했다. 인용한 부분의 앞과 뒤는 알 수 없었다. 여자는 그때를 떠올리며 매주 시집을 뒤적이고 시를 골랐다. 시는 끝까지 읽으려고 노력을 했다. 종이에 시구를 옮겨 적고 여

course of his life, and another a coarse replica of the Emile Bell he might have bought on a high school trip to Kyeongju. Mass-produced posters were the most common. The choice of decoration revealed the cubicle owner's identity, not just his taste. If he hung a poster of Dilbert, the cartoon character famous for dealing with the daily life of a cubicle man, his intention was obvious. The bigger the desire to let others know about the self the greater the area of wall covered with images. Sometimes an entire cubicle wall was covered with images. This could actually interfere with informing others about its occupant. Even worse, it might give the impression that the person lacked a core.

Someone else had hung up something she couldn't understand at all. Up close, it looked like a mass of pigments. At first she thought it might be *Water Lilies* by Monet, but it was actually smears of some kind of colors. She tried to look at it from a distance, but still couldn't figure out what it was. She didn't want to touch it. Somehow it was unpleasant to look at.

When cubicles were first introduced, she also made an effort to decorate her wall. In the company where she used to work twenty years before,

백에 그림을 그리거나 낙엽을 주워 붙이기도 했다. 그땐 주변에서 문학소녀라는 말을 들었다.

……요즘 여자는 뒤늦게 정체성의 혼돈을 겪고 있다. 맞습니다. 저 좀 허덕이고 있습니다.

입사 동기 가운데 지금까지 사무실에 남아 있는 여직원은 여자와 옆자리의 최, 이렇게 단둘뿐이었다. 몇 명의 동기들은 결혼과 동시에 직장을 떠났다. 결혼하고 좀 버티던 동기들도 임신과 출산의 문턱을 넘어서지는 못했다. 삼면이 칸막이로 막힌 '큐비클' 구조는 입사 삼 년 차가 될 무렵부터 도입되기 시작해 금방 정착되었다. 상하 지시 체계가 아닌 각자 맡은 일들을 독립적으로 처리하기에 가능했을 것이다. 그리고 그게 눈에 띄게 능률이 오르기 시작했다는 거다.

표준형 칸막이의 크기는 가로 이 미터가 조금 넘었다. 책상과 서랍장을 넣으면 바듯했다. 이 구조에 가장 적응이 느렸던 건 여자와 최였다. 칸막이를 돌아 상대방의 칸막이 안으로 가는 일이 여간 성가시지 않았다. 그냥 제자리에 일어나 칸막이 너머로 서로의 이름을 불러댔다. 일어서면 칸막이의 높이는 여자의 턱쯤에 와 닿았다. 칸막이 위로 얼굴만 동동 뜨는 셈이다. 어느 날은

one of the tasks for Female Staff Association members was to copy maxims and lines from poems and paste them in bathrooms and elevators. After copying phrases like "There's a breeze. Today's another day to live," or "How beautiful is the back of a person who clearly knows when to leave and then leaves," they decorated the margins with pretty pictures. They did not know the context of these chosen phrases. At that time, she browsed through poetry books every week to select phrases. She tried to read entire poems. She copied lines on paper and either drew a picture or glued dead leaves in the margins. Back then, she was known as a young lady with literary interests.

...these days she was belatedly suffering from a confused identity. *That's right. I'm having a hard time.*

Among those who started at the company when she did, only two—she and Choi in the next cubicle—were still working there. A few colleagues left as soon as they got married. Those who held on after marriage tripped over the thresholds of pregnancy and childbirth. The structure of the "cubicles," rooms enclosed by three walls, was introduced in her third year at the company and readily accepted. This must have been because their work

아예 일어나지 않은 채 칸막이를 사이에 두고 대화를 나누기도 했다. 그런 습관은 어느 날 칸막이 저 너머에서 누군가 "일 좀 합시다"라고 소리를 지르는 바람에 끝이 났다. 아주 오랫동안 별러 온 듯 목소리는 사무적이었다. 너무도 창피해서 둘 중 누가 먼저랄 것도 없이 칸막이 속으로 몸을 아니 머리를 쏙 숨겼다. 이상한 것은 소리를 지른 게 누구인지 좀처럼 감을 잡을 수 없다는 거였다. 직원들이라면 다 알고 있었고 목소리도 알았다. 칸막이 안의 누구였을 텐데 한 번도 들어보지 못한 목소리였다. 누군지 모르지만 자신의 신분이 발각되지 않도록 목소리를 변조시킨 게 분명했다.

그 뒤로 십여 년, 너무도 많은 직원들이 입사했고 또 그만두었다. 일일이 이름과 얼굴을 매치할 수도 없을 뿐더러 그들을 한자리에서 만나는 일조차 거의 없었다. 간단한 회의는 메신저를 통해 이루어졌다. 직원들은 자신이 누구인지 알아달라고 큐비클 밖을 이런저런 장식들로 꾸미지만 서로의 큐비클을 제 발로 찾아가지는 않았다. 그동안 자연스럽게 큐비클 예의라는 것이 자리를 잡았다. 어떤 소리도 자신의 큐비클 밖으로 넘어가지 않도록 할 것, 큐비클 안에서 다른 큐비클의 직원을 부

depended on independent tasks rather than a hierarchy. The cubicle structure clearly contributed to increased efficiency.

The length of a standard wall was a little over two meters. A desk and drawer unit barely fit. She and Choi were the slowest to adjust to this new arrangement. It was extremely annoying to have to go around the walls to talk to each other. They simply called to each other over the wall. When she stood up, the wall came up to her neck. From the other side, only a floating face appeared. Some days, they didn't even stand up and just talked to each other from behind their walls. That habit had to go when one day someone behind another wall yelled, "Let's work, please!" That person's voice was quite businesslike as if he had been meaning to say this for a long time. They were so embarrassed that they both immediately hid themselves—no, their heads—inside their cubicles. What was strange was that they couldn't figure out who had yelled at them like that. They knew all their officemates and their voices. He must have been someone in one of those other cubicles, but his voice was completely unfamiliar. Whoever it was, he must have changed his voice so they wouldn't recognize him.

르거나 대화하지 말 것 등등. 큐비클 위로 얼굴을 불쑥 내밀고 사방을 둘러보는 일은 사무실 바닥에 침을 뱉는 것만큼이나 무례 중의 무례가 되었다.

어느 날 여자는 의자에서 일어나 허리를 쭉 폈다. 두 팔을 하늘로 쭉 뻗어 스트레칭을 하다 겹겹으로 펼쳐진 수많은 가로선들을 보았다. 여자도 알지 못하는 새 직원들이 늘었고 그만큼 큐비클 수도 늘어나 있었다. 무수한 가로선들을 무수한 세로선들이 나누고 있었다. 미로 같았다. 그 많은 큐비클 어디에선가 누군가의 머리가 불쑥 드러나 여자와 눈이 마주친다면 그게 설사 사람이 아니라 문어라 해도 사랑에 빠질 것 같은 착각이 들었다. 하지만 미로라 서로 멀리서 보기만 할 뿐 만나지는 못한다. 다행히 지금까지 그런 일은 한 번도 일어나지 않았다.

여자는 인터넷을 켰다. 깜빡깜빡 커서가 움직였다. 오늘은 소식을 들을 수 있을까. 여자는 어떤 소식을 기다리고 있다. 늦으면 늦었달 수도 있고 빠르면 빠르다고 할 수도 있는 소식을. 1980년대 말 대기업의 사무실 전경이 떠올랐다. 거대한 사무실에 수백 개의 책상들이

During the more than ten years since then, too many co-workers came and went. Not only could she not match names to faces, but rarely even met these people. Simple meetings were done through the Internet messenger. Although employees decorated their cubicles to be recognized as individuals, they never visited each other's spaces. Meanwhile, naturally, "cubicle manners" were established. Noises shouldn't escape from a cubicle; one shouldn't call or talk with another co-worker over the cubicle walls, etc. To stick one's face above the cubicle and look around was considered the rudest behavior possible, as bad as spitting on the office floor.

One day, she stood up from her chair and stretched her back. Reaching upward, she saw layers upon layers of innumerable horizontal lines. While she hadn't been paying attention, the company had hired more and more people and there were a lot more cubicles in the office than before. Numerous vertical lines crossed numerous horizontal lines. It looked like a maze. She felt as if she would fall in love with anybody, even if that 'anybody' wasn't a human being, but an octopus, if suddenly somebody's head emerged from one of

앞으로 나란히 하듯 줄을 맞춰 서 있었다. 칸막이라곤 없었다. 자리에서는 앞사람의 뒷모습이 보였다. 앞사람보다는 뒷사람의 직위가 높았다. 앞사람은 뒷사람의 시선을 의식해 딴짓을 할 수 없었다. 그 부서의 가장 높은 직위의 사람은 사무실 가장 안쪽 창가 자리에 앉았다. 여자는 가끔 어릴 적 하던 게임처럼 이렇게 외치고 싶었다. "자, 이제 반대로!"

—여의나들목 삼중 추돌 빠져나오는 데 한 시간 거의 초주검.

그때 '몽실몽실님'이 대화에 등장했다. 옆자리의 최였다.

2

그날 아침 그 남자가 여자의 뺨을 때렸다. 눈앞에서 번쩍 불똥이 튀고 휙 얼굴이 모로 꺾였다. 덩달아 상체도 틀어졌다. 눈물이 쏙 빠질 만큼 아팠다. 눈에 고인 눈물 때문에 일렬로 늘어선 책상들도 책상 사이의 통로를 부산히 움직이는 직원들의 모습도 과장되게 굴절되었

those cubicles and looked her in the eye. However, since that 'somebody' and she were in the middle of a maze, they could only look at each other from a distance, but not really meet. Luckily, such a thing hadn't happened to her yet.

She clicked on the Internet. The cursor was flashing. Would the news come to her that day? She was waiting for certain news—news that could be belated or premature depending on how she looked at it. She remembered an office in the big company where she had worked in the late 1980s. There were several hundred desks, all in rows, perfectly spaced like soldiers lined up for review. There weren't any walls. One could see the back of the person at the desk in front of one. The person sitting behind was higher in rank than the one sitting in front. The person in front couldn't be distracted from his work because the person behind was watching. The highest-ranking officer in a department sat beside a window in the innermost part of the office. She sometimes felt like shouting as she did in a childhood game, *Now turn around!*

—It took me an hour to get out of a triple rear-

다. 다행히 눈물은 흘러내리지 않았다. 아무도 눈치채지 않았으면 바랐는데 바로 옆자리의 여직원과 눈이 딱 마주쳤다. 다 들으라는 듯 그녀가 새된 비명을 질렀다. 이 남자가 왜 날 때린 건가, 내가 뭘 잘못했나 따위는 잊고 산통 다 깨졌다는 생각뿐이었다.

"괜찮아? 괜찮아?" 소리를 지른 여직원이 다가와 여자의 한 팔을 붙잡았다. 책상들만 치운다면 당장이라도 편을 갈라 축구 경기라도 할 넓이의 사무실이었다. 부서와 부서를 나누는 칸막이도 없었다. 중간중간 전경을 분할하는 건 천장을 받치고 선 기둥들이었다. 기둥 뒤에라도 숨어야 하나? 하지만 기둥은 사무실의 엄격한 수직 구조만을 일깨워주었다. 줄을 맞춰 빼곡하게 늘어선 수백 개의 책상은 위압적이기까지 했다. 책상 한 개도 들어설 틈이 없어 보이지만 언제든 새로운 책상들이 들어와 얼마든 자리 잡을 수 있다는 걸 모두 알았다.

여직원 탈의실에서 유니폼으로 갈아입고 사무실에 들어설 때마다 종종 스타디움 안으로 입장하는 듯한 착각이 들곤 했다. 물론 관중은 아니다.

사무실은 늘 소란스러웠다. 책상들 위의 전화벨이 수시로 울린다. 말소리뿐 아니라 수백 명이나 되는 사람

end collision at the Yeoui Interchange—I'm just about dead.

Ms. Plumpy appeared in a conversation window. It was Choi in the next cubicle.

2

That morning he slapped her across the face. Sparks flew in front of her eyes and her face abruptly snapped to the side. Naturally, her upper body twisted as well. It hurt so much that tears instantly welled up. Refracted through her tears, tables as well as co-workers, diligently walking along passages between desks, were distorted. Luckily, her tears didn't flow down her cheeks. She was hoping that nobody had noticed the incident, but her eyes met those of a female co-worker who sat next to her desk. That woman screamed in a high-pitched voice as if to make sure everybody heard. She forgot even to ask, *Why did he hit me? What have I done wrong?* All she could think of was that she was exposed.

"Are you OK? Are you?" The woman who had just screamed came and grabbed her arm. The of-

들의 숨소리도 작지 않다. 타이핑 소리와 서랍을 여닫는 소리 사이로 기침 소리도 끼어든다. 그 모든 소리가 높은 천장으로 부유해 고여 있다. 하지만 그 소리들만이라고 하기엔 미심쩍은 부분이 있다. 어딘가에서 바람이 들어와 수백 개나 되는 병들의 주둥이라도 불어대고 있는 듯했다.

비명 소리 쪽으로 시선이 쏠렸다. 사무실 안의 소음이 일순 멎었다. 가까운 곳의 직원들은 드러내 놓고 바라보고 사무실 가장 안쪽의 나이 지긋한 임원급들도 슬쩍슬쩍 이곳을 훔쳐보는 눈치였다. 늘 우르르 몰려다녀 여직원들 사이에서 '고삐리'로 불리는 입사 동기 남자들까지도 우르르 몰려들었다. 정말 싫어! 자신도 모르게 어금니를 꽉 물었는데 그게 꼭 울음을 참으려는 것처럼 보였었나 보다. 여자의 팔을 쥔 여직원이 여자의 몸을 흔들며 물었다. "울어? 울어?"

영문을 알 수 없었다. 때린 남자와는 같은 부서였지만 가까운 사이는 아니었다. 그의 자리는 여자의 자리에서 세 칸이나 뒤에 있었다. 사무실 출입문 쪽 가장 낮은 직급의 여자가 중간 관리자인 그와 나눌 이야기는 많지 않았다. 어느 날은 하루 종일 말 한마디 섞지 않고 지나

fice was so wide they could have played soccer in it if they removed all the desks. There weren't even partitions to separate departments. The only thing that divided the view was columns supporting the ceiling here and there. *Perhaps I should hide behind one of those columns?* But the only thing those columns evoked was the strict hierarchical structure of the office. Hundreds of desks in dense rows filling the room were, if anything, overpowering. Everyone knew that a new desk could be brought into the room at any moment, although there seemed to be no room for even one more desk.

Whenever she entered the office after changing into her uniform in the female employees' locker room, she felt as if she were entering a stadium. Needless to say, she wasn't entering as a spectator.

The office was always noisy. Phones on the desks rang all the time. With the breathing of several hundred people, let alone their voices, it wasn't quiet, either. Sounds of coughing mingled with sounds of typing and drawers being opened and shut. All these sounds floated up to the high ceiling and stayed there. But one couldn't be sure they were the only sounds in the room. It seemed as if breezes were blowing in through cracks and pass-

갈 때도 있었다.

그는 자기 앞의 남자 직원들에게 업무를 하달했다. 여자 뒤의 남자들이 업무를 처리하는 동안 여자는 팩스나 복사 등의 잔심부름이나 자료 조사 같은 일을 거들었다.

빰을 때리는 일은 적어도 이해관계가 얽힌 이들 사이에서 일어나는 일이라고 여자는 그때까지 생각했다. 매일 일로 얽히는 뒤의 남자 직원에게 빰을 맞았다면 업무 미숙 등의 이유로 수긍할 수도 있었을 것이다. 여자보다 세 칸이나 뒤에 앉은 그 남자가 평소의 업무 지시 체계를 무시하고 직접 여자의 빰을 때린 일은 혼돈스러울 수밖에 없었다. 마치 길을 지나다 생판 모르는 사람에게 당한 봉변 같아 황당하기까지 했다.

소동은 채 오 분을 끌지 않았다. 때린 남자가 별안간 몸을 돌려 사무실을 뛰쳐나갔기 때문이었다. 의외로 일이 싱겁게 끝나자 남자 동기들은 한눈에도 실망스럽다는 표정으로 우르르 사무실 밖으로 몰려나갔다. 하나둘 직원들도 제자리로 흩어지고 타이핑 소리를 시작으로 직원들은 업무에 복귀했다.

화장실 거울 앞에 서서 흩어진 머리를 정돈해 묶었다. 얼마나 세게 묶었는지 눈가가 관자놀이로 당겨 올라가

ing over the mouths of several hundred bottles.

People turned all at once toward the place where the scream came from. The office was hushed for a moment. Co-workers nearby were openly staring at her, and older officers in the innermost quarters of the office seemed to be stealing glances as well. Male colleagues who joined the company at the same time she did and who were called "high-schoolers" because they always flocked in and out together, were rushing toward her. *I really hate this!* She automatically clenched her teeth, which must have made her look as if she were trying hard not to cry. The female co-worker who grabbed her arm was shaking her, asking, "Are you crying? Are you?"

She was completely at a loss. The man who slapped her was from the same department, but they had never been close. His desk was no less than three rows behind hers. There weren't many things a woman in the lowest rank at a desk near the entrance had to discuss with him, a middle manager. Some days they didn't even exchange a single word.

He issued orders to male employees who sat in front of his desk. While the men behind her were

꼭 중국 여자애처럼 보였다. 뺨의 손자국은 어느새 사라지고 없었다. 누가 누구의 뺨을 때렸다더라, 소문은 엘리베이터를 타고 이층 저층으로 퍼졌다. 잠깐 그 사안에 대해 여직원회의 이름으로 책임을 물어야 하는 것 아니냐는 목소리가 불거지기도 했지만 금방 유야무야 되었다. 퇴근 무렵의 사무실은 평소의 분위기로 돌아와 있었다. 활기가 지나쳐 다소 어수선하고 술렁대는 상사(商社)의 분위기로. 그 남자는 그 시간까지도 나타나지 않았다.

"그날 맞은 건 네 뺨이 아니라 네 자존심이었던 거지." 최가 알은체를 했다. 최의 말에 의하면 상처가 생각보다 깊은 나머지 방어 기제가 작동한 거라고 했다. 별일 아닌 듯 무마되었지만 사실은 그 사이 여자의 무의식 제일 밑바닥에 가라앉아 껌딱지처럼 단단히 들러붙은 거라고 했다. 평상시에는 아무렇지도 않다가 껌딱지를 밟게 되면 진득 달라붙으며 불쾌감을 남긴다는 것이다. "누구에게나 그런 껌딱지가 하나쯤은 있어." 그러더니 최는 뭔가가 떠오르는지 몸을 부르르 떨었다.

최에게는 어떤 말이든 믿게 만드는 요령이 있다. 얼마

taking care of their work, she helped them with research and small errands like faxing and copying.

Until then she had thought that a slap in the face happened only between people who were entangled in some way. If she were slapped in the face by a male employee sitting behind her whom she dealt with everyday at work, she might have been able to understand it, thinking it had to do with her clumsy handling of some errand. It was mystifying to her that a man sitting three rows behind her directly slapped her in the face, ignoring the ordinary chain of command. This incident was just as absurd as being humiliated out of the blue by a total stranger in the street.

The commotion lasted less than five minutes. The man who slapped her abruptly turned around and rushed out of the office. As the situation de-escalated unexpectedly, her male co-workers flocked out of the office, visibly disappointed. Other employees dispersed, one by one, and returned to their work, the sound of typing as a signal.

Looking in the bathroom mirror, she gathered and pulled back her hair. She tied it so tightly that her eyes were pulled toward her temples. She looked like a Chinese girl. The trace of his hand on

전에는 사무실 안에서 뱀을 키우는 동료가 있다는 말을 전해 여자가 기겁하게 했다. 뱀이라면 딱 질색이었다. 누가 들으면 뱀에라도 물렸었나 보다고 짐작하겠지만 사실은 동물원의 파충류관에서 본 게 다였다. 그런데 무슨 이유에선지 뱀이란 말만 들어도 차디차고 긴 것이 자신의 복사뼈를 휘감고 지나가는 느낌이 들었다.

누굴까? '키스 해링'일까 아니면 '흙 얼룩 티셔츠'일까. 아무래도 뱀을 기르는 건 그 직원일 것만 같았다. 큐비클 밖에 물감 덩어리 비슷한 것을 덕지덕지 발라 놓은, 뭐가 뭔지 알 수 없는 그것을 치우지도 않는 직원 말이다. 큐비클 안의 자신이 누구인지 알려주기는커녕 더욱 더 모호하게 만드는 사람.

타닥타닥타닥.

—진짜야?

라고 댓글을 단 이상 이미 최의 말에 걸려든 것이다. 쾌재를 부르고 있을 최의 얼굴이 떠올랐다.

—요즘 애들은 우리랑 달라. 별종 중의 별종들이지.

최가 말하는 요즘 애들이란 새로 입사한 신입 사원을 일컫는다. 사원 채용이나 퇴사 등 사무실 동정을 맨 먼저 여자에게 알려주는 것도 늘 최였다. 종일 큐비클 안

her cheeks had already disappeared. "So-and-so slapped so-and-so across her face." Rumors spread to every floor via the elevator. There was a brief discussion about whether the Female Staff Association should hold him responsible for his action, but the subject was soon dropped. By closing time the office had returned to its usual atmosphere of a trading company where too much energy caused disorder and uneasiness. He didn't return until then.

"It wasn't your cheek but your pride that was slapped that day," said Choi, poking her nose into the matter. According to Choi, a defense mechanism was triggered, because she was hurt more deeply than she thought. Choi said the incident was smoothed over as if it were insignificant, but it actually plumbed the depths of her unconscious and stuck there obstinately like a discarded piece of gum. Ordinarily she would be fine, but if she stepped on that piece of gum again, it would feel just as unpleasant as stepping on a wad of gum in the street. "Everyone has a discarded piece of gum like that, you know." Choi shivered as if remembering her own.

에 갇혀 일하는 건 같은데 어떻게 회사 동정을 그렇게 다 꿰고 있는지 신기할 따름이다.

큐비클 안에서 누가 누구와 사랑을 나눴다더라, 누가 밤새 술을 마시고 코를 골며 잤다더라, 누구는 일주일째 집에 들어가지 않고 있다더라. 최가 전하는 큐비클 안 소식은 다채롭기도 했다.

—86들이야.

물론 86년생들이란 말이다, 86학번이 아니라.

보나마나 최는 기통이 막히다는 표정을 하고 있을 거였다. 오늘 아침에도 큐비클 앞을 지나치다가 그 물감 덩어리를 보았다. 그렇게 봐서 그런지 좀 더 얼룩덜룩해졌다는 느낌이었다. 노란색과 초록색 물감을 좀 더 짜놓은 것 같았다. 크기도 분명 더 커졌다. 안에 무언가 있어, 안에 것이 커지면서 덩달아 부풀어졌다는 느낌도 들었다. 만져볼까 하다가 그만두었다. 만져봤다간 너무도 기분이 나빠질 것만 같았다. 그 물감 덩어리 이야길 최에게 할까 말까 잠깐 고민했다. 그것이 무엇이든 뱀보다 최악의 상황은 없다. 망설이고 있는데 최의 댓글이 떴다.

—이제 우린 죽어야 돼.

Choi had a way of making people believe her words. Some time before, Choi told her the rumor that a co-worker was raising a snake in his cubicle, scaring her out of her wits. She abhorred snakes. You would think she had been bitten by a snake, but she had only seen real ones in the reptile hall at the zoo. Yet somehow she felt as if something cold and long was twining round her ankles and slithering away whenever she heard the word, "snake."

Who is it? Is it 'Keith Haring'? Or 'soil-rusty T-shirt'? Somehow it seemed to her that the person raising a snake must have been that colleague who plastered coat after coat something resembling pigment on the outside wall of his cubicle, the person who hadn't cleaned his weird and enigmatic display ever since. Rather than letting others know who he was, he was making his identity even more elusive.

Tadaktadaktadak.

—Is it true?

Since she replied, she was already ensnared in Choi's web. She could picture Choi smiling with delight.

—Kids today are different from us. They're the freakiest of freaks.

여자와 최가 대학 신입생일 무렵 그들은 태어났다. 그녀들이 첫미팅, 첫데이트, 첫사랑, 첫키스 등에 눈을 뜰 무렵 그들도 하나, 둘 세상에 눈을 뜬 것이다. 스무 살이라는 나이 차만으로 그들은 별종으로 불릴 만하다. 최의 말에 의하면 그 별종들은 그녀들과는 달라 개나 고양이로는 위안을 삼지 못한다고 했다.

최와 채팅을 하면서 애완용 뱀을 검색했다. 생각 외로 많은 사진들이 떴다. 색깔에서부터 무늬, 크기까지 다양했다. 이렇게 다양하면 누군가의 뱀들과 뒤섞여도 쉽게 자기 뱀을 찾아낼 수 있을 것이다. 너무도 똑같이 생긴 토끼들과는 달리. 누군가 다 자라면 이 미터 남짓한 뱀을 추천했다. 누군가는 뱀의 성격에 대해 써 놓았다. 온순하면서도 카리스마 있음. 어디 그런 남자 없나? 이젠 이런 생각들이 자기 검열 없이 툭툭 떠오른다. 어느 날은 입 밖으로 발설해버릴까 봐 걱정이다. 강둑이 터지듯 걷잡을 수 없을는지 모른다.

먹이뿐 아니라 소소하게 드는 물품이 꽤 되었다. 생각보다 예민하다고 했다. 그런 불평도 남자친구를 사귀는 여자 후배들에게 들어본 듯하다. 뱀을 애완용으로 기르는 사람들이 꽤 되는 모양이었다. 초록색 실뱀 사진을

By kids today, Choi meant new employees. Choi always gave her the latest office news like new hirings and departures. She found it simply incredible that Choi, who seemed to be confined to her cubicle all day, knew all the company gossip.

"So-and-so made love with so-and-so in the cubicle; So-and-so fell asleep and snored all day long, because he was drunk the night before; So-and-so hadn't been to his house for a week." The news Choi delivered was colorful.

—They're 86ers.

Of course, she meant that they were born in 1986, not that they entered college in 1986.

She knew that Choi's face must be registering amazement. She saw that mass of pigments again this morning while passing by the cubicle. She thought that it was more colorful than before, although she wasn't sure. He might have squeezed more yellow and green pigments out of tubes. It looked bigger, too. It could be that there was something inside it and that this outside mass was getting bigger as it grew inside. She thought of touching it, but then decided not to. It seemed that touching it would make her feel even worse. She briefly wondered whether she should tell Choi

유심히 들여다보고 있는데 사이를 두고 모니터에 대화창이 떴다. 최다.

—며칠 전엔 칸막이를 타고 사라지는 뱀을 봤어.

정말? 묻지 않는다. 뱀을 기르는 동료가 있을지도 모른다고 생각해버린 이상 최의 거짓말은 중요하지 않다. 사무실에서 누군가 뱀을 기르고 있다면 그 뱀이 케이지를 벗어나는 건 시간문제니까 말이다.

최의 말에 따르자면 상사를 그만둔 뒤 십 년 동안은 용케도 그 껍딱지를 피해다닌 셈이다. 십 년 동안 앞만 보고 달렸다. 논문 준비를 하고 짬짬이 강의도 나가야 했다. 잠잘 시간을 쪼갤 수밖에 없었다. 껍딱지를 밟은 건 이제 조금 천천히 가도 되지 않을까, 라고 잠깐 방심한 어느 날이었다.

갯내가 물씬 풍기는 해수욕장이었다. 머드 축제는 떠들썩한 행사 홍보와는 달리 초라했다. 내국인보다 외국인 수가 더 많았다. 축제 원년이라 행사 준비도 미비했다. 그래도 젊은이들은 웃고 떠들었다. 머리부터 발끝까지 진흙 범벅이 된 사람들은 누가 누군지 알아볼 수 없었다. 뜨거운 태양 아래 몸에 바른 진흙이 마르며 산

about the mass of pigments or not. *Whatever it was, it couldn't be worse than a snake.* While she was hesitating, Choi commented.

—Now, all we can do is die.

The latest employees were born the year she and Choi were college freshmen. When they were experiencing their first arranged meeting, first date, first love, first kiss, etc., these young people were just greeting the world, one by one. They deserved to be called freaks for the twenty-year age difference alone. According to Choi, these freaks couldn't get comfort from having dogs and cats, like ordinary people.

While chatting with Choi, she surfed the web for "pet snakes." This search brought up, surprisingly, many pictures of snakes. Their colors, patterns, and sizes varied. If they looked this different, then one could easily spot one's own snake even mixed in with others—unlike rabbits, which looked quite alike. Someone recommended a snake that would read two meters long at maturity. Another wrote about the character of a snake: Gentle, but charismatic. *Perhaps there's a man who fits such a description?* This kind of thought came to her mind uncensored these days. She was worried that she

산조각날 것처럼 갈라졌다. 애인이 여자를 보고 진흙오리구이 같다며 웃었다. 진흙이 다 마른 뒤에야 사람들은 바다로 뛰어들었다.

여자는 진흙이 묻은 몸으로 막 바다로 뛰어가는 애인을 바라보며 앉아 있었다. 진흙투성이인 애인의 뒷모습은 허리를 좀 늘린 다비드 상을 연상시켰다. 수영복 허리밴드 위로 볕에 그을리지 않은 팬티 자국이 그대로 드러나 있었는데 지금은 진흙투성이다. 해안가에 바글바글 모인 해수욕객들 뒤로 멀리 펼쳐진 수평선을 바라보았다. 먼 곳을 바라볼 때면 왠지 나른해진다. 미역 냄새가 나는 진득한 바람이 불었다. 여자는 눈을 감았다. 입술에 엉긴 소금이 짭조름했다. 그때 관망대 쪽에서 사이렌이 울렸다. 사이를 두고 구조 대원 몇이 모래를 튀기며 바다로 뛰어들었다. 저 바다에서 무언가 잘못되었다, 라는 생각이 드는 순간 십 년 전 그날 아침이 떠올랐다.

찰싹, 눈앞에서 번쩍 불똥이 튄다. 여직원의 비명 소리가 울리고 수많은 눈들이 일제히 여자에게로 쏠린다. 발가벗겨진 느낌이다. 여직원이 코맹맹이 소리로 재우치듯 묻는다. "울어? 울어?"

might end up uttering these thoughts. She might find it hard to hold them back, like a broken levee.

Snakes not only needed food but also many small accessories. People said they were quite sensitive, despite their appearance. She remembered having heard a similar complaint about a boyfriend from a female friend who was dating. It seemed there were many people who raised pet snakes. While she was staring at a small, stringy, green snake, another conversation window appeared on her monitor.

—I saw a snake escaping from a cubicle a few days ago.

She didn't ask *Really?* So far as she had come to believe a co-worker might be keeping a snake in his cubicle, whether Choi was lying or not didn't matter. If someone was keeping a snake in his cubicle, then it was only a matter of time before that snake escaped from its cage.

To use Choi's metaphor, she was lucky enough to avoid that discarded wad of gum for a decade after she left the trading company. For ten years she kept running, only looking forward. She worked on a thesis and taught at colleges as a

여자는 불안해져서 파라솔 아래에서 튀어나가 애인을 찾는다. 진흙투성이인 사람들 틈에서 애인을 찾기란 쉽지 않다. 바닷물에 진흙이 씻긴 사람들도 죄다 머리가 젖어 비슷비슷해 보인다. 등이 긴 남자를 찾아보지만 등이 긴 남자도 한둘이 아니다. 파도는 점점 커지고 있다. 구조 대원들이 몇 번이나 바닷속으로 자맥질을 한다. 노란 구명 튜브가 파도에 휩쓸린다. 파도가 높아 건장한 남자들도 떠밀린다. 애인은 돌아오지 않고 여자는 정말 울고 싶어진다.

왜 뺨을 때렸는지 그때 물었어야 했다.

3

뉴스에서 닭을 봤다.

아침에 눈을 뜨면 뉴스부터 켜고 본다. 텔레비전 앞을 지키고 앉아 뉴스를 시청하는 건 아니다. 뉴스를 켜둔 채 화장실에서도 한참 미적대고 부엌에서 토스트나 달걀 프라이를 하고 옷도 갈아입는다. 왜 듣지도 않을 거면서 뉴스를 켜냐고 엄마에게 지청구를 주던 때가 떠올

part-time lecturer. She sacrificed sleep. She stepped on that piece of gum one day when she was feeling a bit relaxed, feeling that she might be able to slow down a little.

She was at a beach resort that reeked of the waterfront. The Mud Festival was shabbier than the advertisement led her to believe. There were more foreigners than Koreans. Since it was the festival's first year, it hadn't been well organized. Still, young people were laughing and making a commotion. It was hard to tell who was who when everyone was wrapped in mud from head to toe. Under the scorching sun, the mud on their bodies was drying and cracking into pieces. Her boyfriend was laughing at her, saying that she looked like a duck barbecue all muddied up. After the mud completely dried, people jumped into the sea.

She was sitting and watching her boyfriend running toward the sea, his body still caked with mud. His back reminded her of the statue of David, only a bit elongated. She could see the tan line made by his shorts above the band of his bathing trunks. There was mud there, too. She looked at the distant horizon beyond the hubbub of sea bathers on the beach. Whenever she looked far away, she be-

랐다. 엄마는 말했다. "어제가 오늘 같고 내일도 오늘 같을 테지만 그래도 새로운 하루를 맞는다는 기분으로."

사무실에서 철야를 한 날이면 모니터 한구석에 뜬 작은 창으로 뉴스를 본다. 어디에서 콘 수프 냄새가 난다. 커피 향도 코끝을 간질인다. 여자처럼 사무실에서 밤을 새운 동료들이 많은 모양이다. 맨 처음엔 이렇듯 큐비클 안에서 식음은 물론 수면까지 해결하게 될 줄 몰랐다. 손을 좀 뻗으면 콘플레이크 상자가 잡힌다. 손을 좀 더 뻗으면 어제 저녁 먹다 둔 초콜릿 바도 집을 수 있다. 발을 책상 아래로 쭉 늘이면 점잖은 곳에 신고 갈 하이힐이 있다. 하지만 더 늘이지는 않는다. 뭔가 이상한 것이 닿을 것 같아서. 필요한 건 큐비클 안에 다 있다. 책꽂이 맨 위에 올려둔 책을 꺼내야 할 땐 의자에서 엉덩이를 좀 들어야 하는 수고로움이 있달까.

닭들은 몸을 제대로 돌릴 수도 없는 비좁은 우리 안에 갇혀 있었다. 설사 꽁지 쪽이 가렵대도 고개를 돌려 부리로 꽁지 쪽 털을 고른다는 건 생각할 수도 없어 보였다. 배설물이 원활히 잘 빠지도록 양계장 바닥은 얼키설키 철사가 얽혀 있을 뿐이었다.

양계장 안은 어두컴컴했다. 몇 개의 창이 나 있었지만

came languid for some reason. A seaweed smell was wafting in on the sticky breeze. She closed her eyes. Her lips tasted of dried salt. A siren sounded from the observation tower. A few rescue workers rushed, one after the other, into the sea, scattering sand. Just as she thought something was wrong in the sea, she remembered the incident that happened one morning ten years before.

Slap, and sparks flying in front of her eyes. A female co-worker screaming and many eyes turning toward her all at once. Feeling naked. The female co-worker asking, as if urging her to confess, "You're crying, aren't you?"

She became uneasy and jumped up from the shade of the beach umbrella to look for her boyfriend. It wasn't easy to find him among all those people covered with mud. Even those who had washed the mud off their heads with seawater all looked alike with their wet hair. She tried to look for a guy with a long back, but there were many men with long backs. The waves were getting larger and larger. Rescue workers dove into the water again and again. A yellow life buoy was being swept by the waves. Even strong men were being overwhelmed by the high surf. Her boyfriend wasn't

너무 작아 채광도 환풍도 잘 되지 않는 듯했다. 창으로 쏟아져 들어온 햇빛 속에서 닭털과 모이와 마른 배설물들이 비듬처럼 날아올라 소용돌이치고 있었다. 양계장 주인은 태평했다. "우리 닭들한테는 아무런 불만도 없다니까요." 비좁으면 비좁은 대로 닭들은 부산스럽게 움직였다. 머리를 상하좌우로 흔들고 창살 위에 얹은 두 발을 차례로 들어올려 균형을 맞췄다. 날개를 조금씩 부풀리기도 했다.

어릴 적 집 마당에서 길렀던 닭들이 떠올랐다. 마당 한쪽에 닭장이 있었지만 닭들은 마당에 나와 쏘다니며 땅을 헤집어댔다. 엄마가 갓 낳은 달걀이라며 어린 여자의 손에 달걀을 놓아주던 생각도 난다. 똥이 좀 묻어 있던 달걀은 따뜻하고 좀 물렁거렸다. 여자는 그때로 돌아가 달걀을 쥐고 있는 듯 자신의 손바닥 우묵한 곳을 들여다보았다. 엄마가 돌아가신 지 육 년이 지났다.

병아리 시절에 우리에 들어간 닭들은 일 년 반 줄기차게 달걀을 낳는다. 그때까지도 달걀을 낳는 닭과 식용육 닭의 품종이 따로 있다는 걸 몰랐다. 그건 좀 불합리한 것처럼 느껴졌지만 곧 그만큼 공정한 일이 또 어딨나, 라는 생각이 들었다.

coming back, and she felt like crying.

I should have asked that guy why he slapped me in the face.

3

She saw chickens on the news.

When she woke in the morning, the first thing she did was turn on the TV and watch the news. She didn't sit in front of the TV, though. She lingered in the bathroom, made toast or fried eggs in the kitchen, and got dressed. She remembered when she used to carp at her mother for leaving the news on without listening to it. Her mother said, "Although today will be like yesterday and tomorrow will be like today, I like to feel I'm greeting a new day."

When she stayed overnight at the office, she watched the news in a small window on a corner of her monitor. An aroma of corn soup was coming from somewhere. The smell of coffee tickled her nose. It seemed that many co-workers had worked overnight in the office. At first she didn't realize she would end up sleeping in her cubicle,

기자가 양계장의 비위생적인 환경과 닭들의 처우 개선에 대해 보도를 하는 동안에도 닭들은 영문을 모르겠다는 듯 부산을 떨었다. 갑자기 들이닥친 보도용 카메라와 눈부신 조명에 얼떨떨한 표정이었다. 아무리 비좁아도 아무리 더러워도 매일 낳은 알들이 어디론가 사라져도 닭들은 그런 표정만 지을 것 같았다. 언젠가 저런 표정을 사람에게서도 본 듯했다. 그게 엄마였나?

그래도 엄마가 살아 계실 땐 엄마를 통해 간혹 중매가 들어오곤 했다. 그때마다 엄마가 푸념처럼 하던 말이 떠오른다. "네가 딱 오 년만 젊었어도……" 그 레퍼토리가 십 년 넘게 반복되었다. 세상에는 자신보다 다섯 살 어린 여자를 찾는 남자들이 많은 모양이었고 한동안은 그 추세가 바뀔 것처럼 보이지 않았다.

퇴근해 돌아오면 엄마는 불도 켜지 않은 여자의 방, 책상에 우두커니 앉아 있었다. 어두컴컴한 어둠 속에서 엄마의 등은 더욱 왜소해 보였다. "엄마, 뭐하고 있어?" 라고 물어보면 그제야 엄마가 여자를 돌아다본다. 물끄러미, 어디 멀리라도 갔다온 듯한 표정이다. 딸인 줄 알아차릴 때까지는 시간이 걸린다.

let alone eating and drinking there. She could reach the box of corn flakes if she stretched her arm a little. If she stretched a little further, she could reach the chocolate bar she left after a bite the previous night. If she stretched her feet a little further downward, she could reach the high-heeled dress shoes she would wear to a nice place. But she wouldn't stretch further than that, lest she touch something strange. Everything she needed was inside her cubicle. If she had to get a book from the very top shelf, she had to take the trouble to raise her butt a little from her chair, but this was probably the only nuisance...

Chickens were confined to cramped cages where they couldn't even turn around. Even if their tails were itchy, they didn't seem able to turn their heads to preen. The floors of their cages were made of wire so their discharges would fall through.

The chicken coop was dark inside. There were a few windows, but they were too small to let in much light or provide ventilation. In the shafts of sunlight that came through those windows, feathers, feed, and dried droppings were whirling around like dandruff. The owner of the chicken

화장실에서 세수를 하고 돌아오다가 또 그것을 보았다. 좀 더 커진데다가 얼핏 안에서 무언가 꾸물대는 듯했다. 밤을 샌 탓일까, 눈을 비비고 다시 보았다. 이번엔 아무렇지도 않았다. 대체 뭘까, 자세히 들여다보려는데 그것이 또 꾸물했다. 뭔가 속에 살아 있다, 놀라 뒷걸음질 치는데 신발 밑창이 물컹, 끈적하다. 또 밟은 것이다.

회상으로 그치는 날도 있지만 어느 날은 정말 뭐라 표현할 수 없는 분노가 들끓어오른다. 아무튼 그날 아침 일을 떠올리는 주기가 짧아지고 있었다. 여자의 생체 시계도 덩달아 빨라진 느낌이다. 일주일 전 분명 끝난 생리가 이틀 전 아침에 또 터졌다. 앞으로는 더 자주 껌딱지를 밟게 될 것만 같다. 기다리던 소식은 오지 않는다.

빰까지 맞았는데 그 남자의 이름도 몰랐다. 통상 사무실에서는 이름 대신 성(姓) 뒤에 직책을 붙여 불렀다. 여자도 그때 '미스 김'이라고 불렸다. 그 남자의 손가락만큼은 길었다. 빰이 기억하고 있다. 손가락이 갈대처럼 빰에 착 감겼다가 떨어졌다. 담배도 피우지 않는지 아무런 냄새도 나지 않았다. 손은 좀 찼다. 차고 바싹 메말라 있었다. 그러고 보니 요즘 자주 껌딱지를 밟고 있는

farm was unbothered. "My chickens have no complaints." The chickens were busy moving around even in such a confined space. They were shaking their heads up and down and left and right. They were balancing on the wire floor by shifting their feet. They were fluffing up their feathers.

She remembered the chickens her family raised when she was a child. Although the chicken coops were in a corner of the yard, the chickens were free to run around and scratch at the dirt. She could also remember her mother putting an egg into her young hand, saying it had just been laid. The egg, smeared with a little guano, was warm and slightly soft. Feeling as if she had gone back in time and was holding that egg, she looked at her empty palm. It had been six years since her mother passed away.

Chickens that entered the coops as chicks kept on laying eggs for a year and a half. She didn't know until now that there were two different kinds of chickens, one for eggs and the other for meat. At first she thought that was rather unreasonable, but she soon changed her mind and thought, *Could anything be fairer?*

While the newscaster was reporting about the

건, 내가 같은 곳을 맴돌고 있다는 뜻인가, 여자는 생각한다. 오랫동안 일에도 진척이 없다. 집중력이 떨어진다. 어느 순간 멈췄고 요지부동이다. 앞만 보고 전진하던 십여 년 전엔 분명 밟지 않았다. 껌딱지는 바닥에 딱 붙어 있어 옮겨다니지 않는다. 내가 무의식의 같은 곳을 맴맴 돌고 있을 뿐이다, 여자는 언젠가 애인을 찾아 해변가를 헤매던 때처럼 아득하다. ……맞습니다. 저는 길을 잃었고 헤매고 있습니다.

몽실몽실님이 등장하셨다.

—세상에, 스무 살 적 비키니 사진을 포스터로 뽑아 칸막이 안에 붙여 놓은 여자가 다 있대!

타닥타닥탁타닥.

—뭐야? 무슨 연예인도 아니고.

라고 받아쳤지만 쿵 심장이 떨어질 뻔했다. 사실은 그게 나야, 라고 말할 수는 없으니까. 붙여 놓은 것도 아니고 포스터만한 크기는 더더욱 아니다. 비키니라니 말도 안 된다. 그냥 평범하다 못해 무난한 아레나 수영복일 뿐이다. 액자에 끼워 모니터 옆에 세워두었다. 그녀에게도 물개처럼 물살을 가르던 날랜 시절이 있었다. 군

unsanitary conditions on chicken farms and discussing better treatment for chickens, the chickens were making a fuss without understanding what was going on around them. They looked, somewhat bewildered, at the news camera and the bright lighting that had suddenly descended upon them. It looked as if they would have that same expression no matter how cramped and dirty their space was, and even though their eggs disappeared every day. She felt as if she had seen a similar expression on a person's face. Was it her mother's?

When her mother was alive, her acquaintances occasionally tried playing matchmaker for her daughter. Each time her mother grumbled, "If only you were five years younger..." That same grumbling went on for more than ten years. It seemed that many men were looking for women five years younger than themselves, a trend that seemed unlikely to change in the near future.

When she came home after work, she found her mother sitting absentmindedly at her desk in her dusky room without even turning on the light. Her mother's back looked even smaller in that dusky darkness. Only when she asked, "What are you do-

살 하나 없다. 그걸 알려주고 싶을 뿐이다. 누구에게? 큐비클 안은 백 퍼센트 사생활이 보장된다. 그러니 결국 그 사실을 알려주고 싶은 건 여자 자신인 걸까?

—벌써 석 달째야. ㅠㅠ

여자와 최는 앞서거니 뒤서거니 갱년기의 길로 접어들었다. 최는 석 달째 생리를 하지 않고 있다. 반면 여자는 열흘째 생리를 하고 있다. 점점 생리 횟수가 뜸해지고 점점 생리 횟수가 늘어나면서 결국은 둘 다 제로점에 이르게 되는 날이 올 것이다. 아침이면 몸이 천근만근이고 겨드랑이가 땀으로 젖어 마름모꼴 얼룩이 생긴다. 이런 이야기는 한참 아래의 후배들과 나눌 수 없다. 그녀들도 그 나이 때 그랬다. 꼭 교회의 여름 성경학교 캠프 같은 걸 앞두고 생리가 터졌다. 너무 힘들고 귀찮아 여성에게 주어진 형벌이라고 생각했던 적도 있었다. 이제 폐경이 다 되었다고 하면 여자 후배들은 환호할 것이다. "그 지겨운 것에서 해방되다니, 정말 축하드려요."

여자는 자신이 큐비클 안에서 갱년기를 맞게 될 줄은 꿈에도 몰랐다. 인생을 큐비클 속에서 허비하지 않겠다고 최와 약속했던 게 언제인지 까마득하기만 했다. 언

ing, Mom?" did her mother turn around. She looked blank, as if she had been somewhere far away. It took her mother some time to realize that it was her daughter standing in front of her.

On her way back from the bathroom after washing her face, she saw the mass of pigments again. It looked as if it had grown bigger and there was something wriggling inside it. Was it because she had stayed overnight? She rubbed her eyes and looked again. This time, everything looked fine. *What on earth is it?* When she tried to look at it more closely, it began writhing again. *There's something alive in it!* Surprised, she stepped backward. At that very moment she felt something soft and sticky under her shoes. She had stepped on it again.

Sometimes she simply remembered the incident, but at other times she got extremely angry. At any rate, she remembered that morning more and more often. Her biorhythms also seemed to have sped up. Her last period ended only a week before, but she had a new episode two mornings ago. She felt as if from now on, she would step on that wad of gum more often. The news she had been waiting for wasn't coming.

제부턴가 최는 아무 말 안 했다. 여자도 모르는 척했다.

4

사무실의 오프라인 모임에 나간 건 단 한 가지 이유밖에 없었다. 큐비클에 물감 덩어리를 덕지덕지 묻혀 놓은 직원이 누구인지 알고 싶은 마음뿐이었다. 신입들은 330밀리리터짜리 병맥주 한 병을 시켜 놓고 내내 찔끔거렸다. 최가 몇 번이나 건배 제의를 했지만 그들은 건배 소리만 크게 외쳤달 뿐 한 번에 들이켜지는 않았다. 덕분에 최만 일찍 취했다.

"키스 해링은……" 여자의 맞은편 왼쪽에 앉은 남자 직원이었다. 저 친구가 키스 해링인가? 여자는 유심히 그를 보았다. 술병엔 반 넘게 맥주가 남았는데 좀 취한 모양이었다. "하위문화인 낙서를 예술로 승화시켰습니다." 그가 코를 푼 휴지를 똘똘 뭉쳐 상 위에 올려두었다. 살을 발라먹은 생선뼈와 고춧가루가 묻은 휴지로 상 위는 지저분했다. 국물이 졸면서 파와 콩나물 몇 가닥이 찌개 냄비 바닥에 들러붙어 눋고 있었다. 키스 해링 옆에 앉은 여자 직원이 고개를 끄덕였다. "난 키스 해

Although she had been slapped in the face, she didn't even know the man's name. Usually people just used each other's last names with a position as a prefix. She was called "Miss Kim" at that time. His fingers were long. Her cheeks remembered. His palms caught her cheeks and dropped like reeds. Maybe he wasn't a smoker, because she couldn't smell anything. His hands were a bit cold—cold and very dry. She wondered, *I am stepping on the gum more and more often lately because I'm going in circles?* She hadn't made much progress in her work for a long time. She would often be distracted. She stopped at some point and hadn't moved an inch since. She didn't step on the gum ten years ago when she was only going forward. *The old piece of gum is stuck in the same spot and isn't moving. I'm the one who's going in circles around the same spot in my unconscious.* She felt as hazy as when she was wandering around the beach, looking for her boyfriend all over again... *That's right. I'm lost and wandering.*

Plumpy appeared.

—My goodness! They say there's a woman who hung a poster of herself wearing a bikini at age twenty!

링이 죽을 때까지 그림을 그리겠다고 말한 게 마음에 들어요. 정말 그는 죽을 때까지 그렸죠. 서른한 살밖에는 못 살았지만." 그럼 키스 해링은 이 여자인가? 그들의 대화만으로는 누가 누구인지 종잡을 수 없었다.

상 저쪽 끝에 앉은 자그마한 체구의 남자가 그 앞에 앉은 남자에게 말했다. "난 퀸의 그 공연이 있은 5년 뒤에 태어났어요." 앞의 남자가 갸우뚱했다. "4년 뒤가 아니구요? 우린 다 86년생들 아닌가요?" 자그마한 체구의 남자가 이를 드러내고 조용히 웃었다. "난 빠른 87이거든요. 일곱 살에 학교 들어갔죠, 왜." 누구도 큐비클 벽에 붙은 물감 덩어리에 대해서는 말하지 않았다. 음식을 앞에 두고 지저분하고 이상한 그것을 이야기하기가 좀 꺼려졌을 수도 있을 것이다.

우리 과가 그 족구 대회에서 우승한 건 8년 만이었어요, 라고 말한 건 '붉은 흙얼룩 티셔츠'였다. 혀가 꼬부라진 최가 다시 한 번 건배 제의를 했다. "위하여!" 그 목소리만은 절도 있게 잘도 맞춰졌다. "그런데 정말 닭이 아이큐 2인 걸까요?" 목소리 쪽으로 일제히 시선이 모아졌다. 여자만 닭에 관한 보도를 본 게 아니었다. 나도 봤어요. 나두요. 여기저기서 한 마디씩 했다. 밤을 새운 직

Tadaktadaktaktadak.

—Really? She isn't an actress, is she?

Although she responded that way, her heart sank. She couldn't say, *Actually, that's me*. She didn't hang it and it wasn't poster-sized. Furthermore, to call it a bikini was absurd. It was the ordinary, almost boring, Arena swimsuit. She framed the picture and propped it next to her monitor. At one time she was able to part the waves as swiftly as a seal. She didn't have an ounce of body fat. She just wanted to announce that fact. To whom? A cubicle was a space in which one's privacy was guaranteed 100%. Perhaps she wanted to remind herself?

—This has been going on for three months. ;(

She and Choi entered perimenopause almost at the same time. Choi hadn't menstruated for three months. On the other hand, her last period had lasted ten days. The day would come when they would both reach the same zero point after a gradual decrease and a gradual increase, respectively, in their periods. In the mornings they felt really groggy, and had lozenge-shaped stains under their arms from sweating. They couldn't talk about these things with younger women. When they were as young as those younger women, they had ex-

원들이 생각보다 많았다.

"나, 닭 길러봤는데……" 여자의 말에 후배들이 반색했다. "어? 선배님 댁이 시골이셨어요?" "아니, 사대문 안이었다구." 누군가는 잘못 들었다. "서대문요? 거기 사세요? 전 바로 그 위예요. 독립문 근처." 닭을 길렀다고 하면 시골인 줄 알겠지만 여자의 집에선 남대문이 보였다. "그것도 밖이 아니라 안에서. 사대문 안이었지."

우, 후배들이 함성을 질렀다. 닭을 길러보면 안다. 닭은 제가 낳은 알을 정확히 알아 품곤 했다. 이번에도 후배들이 우, 감탄사를 내뱉었다. "뭐야? 뭐야?" 무슨 이야기인지 영문을 알 길 없는 최가 자꾸 여자의 옆구리를 찔러댔다. 최가 회사로 오는 길목에 있는 여의나들목은 늘 막혔다. 그날도 최는 그 뉴스를 보지 못했다.

누군가 킥킥대면서 말했다. "그런데 선배님, 사대문 안이라고 하시니까, 정말 웃겨요. 아주 옛날 분 같아요." 몇은 웃고 몇은 사대문이 어딘지 떠올리려는 듯 진지한 표정이 되었다. "선배님, 그런데요!" 여자가 키스 해링이라고 착각했던 맞은편의 남자 후배가 탕, 하고 주먹으로 상을 쳤다. 생선 가시들이 튀고 숟가락과 젓가락이 바닥에 떨어졌다. 맥주가 반 병도 더 남았는데 그는 만

periences similar to theirs. They abruptly began menstruating right before an event like the summer Bible camp at their church. They found it so bothersome and difficult that they thought menstruation must be a divine punishment of women. If they told younger women they were entering menopause, the young women would cheer and say, "To be liberated from all that tiresome trouble—wow, our heartfelt congratulations!"

She never suspected even in her wildest dreams that she would enter menopause in her cubicle. She couldn't even remember when she had promised Choi that they wouldn't waste their lives in cubicles. At some point, Choi stopped talking about it. She didn't bring it up, either.

4

There was only one reason she decided to attend the offline meeting of her co-workers. She just wanted to know who had smeared layers of pigments outside his cubicle. The newbies were only sipping their drinks: one 350ml bottle of beer for each person. Although Choi proposed a toast many times, they cheered loudly, but never bottomed up.

취한 듯했다. "저는 슬펐습니다. 매일매일 알을 낳는데 제 알이 어디로 갔는지도 모르고 있는 닭들이 가여웠습니다. 그러다 병에 걸리면 언제 그랬냐는 듯 땅에 묻어버리지요. 작년에도 재작년에도 조류 독감이 돌았잖습니까? 작년에도 묻고 재작년에도 묻었습니다. 선배님!" 그가 다시 한 번 여자를 부르더니 여자를 노려보았다. "누가 제 알을 가져가는 걸까요? 선배님!" 혹시 저러다가 내게 제 알을 돌려달라는 건 아닐까, 라는 생각이 들 정도였다. 조마조마하고 있는데 그의 눈이 까무룩 감기더니 바로 상에 머리를 박고 말았다. 숟가락과 젓가락, 멜라민 접시들이 튀어올랐다가 떨어졌다.

동기들이 그를 부축하고 나가면서 자연스럽게 모임은 끝이 났다. 여자는 최를 부축하고 택시를 잡았다. 최의 팔목은 프랑크 소시지처럼 불룩불룩했다. 점점 살이 붙고 있다. 몽실몽실이라는 별명도 더 이상 어울리지 않는 날이 올 것이다. 최는 자꾸 여자의 손에서 벗어나 차도로 뛰어들었다. 뛰어들면서 소리를 질러댔다. 요즘 애들은 싸가지가 없어! 한참 선배가 술을 주는데 받지도 않아! 별종들이야 별종!

최를 택시에 태워보내고 천천히 걸었다. 집에 가봐야

As a result, only Choi got drunk fast.

"Keith Haring..." It was the male co-worker sitting across the table from her on the left. *So that was Keith Haring!* She looked at him carefully. He looked a little drunk, although the bottle in front of him wasn't even half empty. "Keith Haring turned graffiti, a form of subculture, into art." He blew his nose into a piece of tissue paper, crumpled it up, and left it on the table. The table was already messy with scattered fish-bones from which the meat had been stripped and balled-up tissue paper used to wipe up red pepper powder. Scallions and a few bean sprouts were scorching in a pot from which almost all the soup had evaporated. A female co-worker next to Keith Haring was nodding. "I like that Keith Haring said he wanted to paint until he died. He really painted until he died, although he only lived to thirty-one." Is she Keith Haring, then? She couldn't figure out who was who based only on what they were saying.

A smallish guy at the end of the table said to a man across from him. "I was born five years after that performance of Queen's." The man across from him cocked his head a little. "Not four years? Weren't we both born in 1986?" The smallish guy

기다려주는 엄마도 없었다. 술이 좀 깨면 회사로 돌아갈 작정이었다. 아무튼 그 별종들과 닭에 관한 한 하나가 되었다. 20년이란 나이 차를 뛰어넘어 정서가 교감되었다는 게 아니라 이건 묘한 동지 의식 같은 것이다. 큐비클 안에서 싹트는 의식 같은 것이다. 우리는 각자 일하고 있지만 단 한 가지 목표를 향해 나아가고 있으니까.

그나저나 물감 덩어리는 누구였을까?

술집 골목의 간판들이 환했다. 술에 취한 남자들이 휘청휘청 걸어갔다. 넥타이가 반쯤 풀리고 와이셔츠는 바지에서 빠져 펄럭인다. 오비 플라자라는 간판 아래에서 한 무리의 남자들이 우르르 나왔다. 일행 중 누군가 삼차를 외쳤고 다른 사람들이 오케이! 라고 외치며 따라갔다. 일행 중 키가 커서 눈에 도드라지는 남자가 있었다. 웃고 떠들면서 일행이 왼편 골목으로 사라졌다. 그 남자다. 여자는 무작정 그들을 쫓아 뛰었다.

작은 골목엔 초연, 테스, 장미, 파트너, 개미라는 간판을 단 작은 술집들이 다닥다닥 붙어 있었다. 창문은 없고 입구는 작았지만 단단해 보였다. 금방 따라잡았다고

bared his teeth and quietly smiled. "I was born in early 1987. I entered school when I was seven, you know." Nobody was talking about the pigment smears on that cubicle wall. Maybe they didn't feel like talking about such strange, dirty stuff at a table full of food.

"It took our department eight years to win that kickball competition," said 'the rusty soil stain T-shirt.' Slurring her words, Choi again proposed a toast. "Wihayeo!" They shouted in unison. "By the way, do you think the IQ of chickens is really 2?" All eyes turned toward the source of the voice. She wasn't the only one who had seen that TV report on chickens. "I saw that, too." "Me, too!" people said here and there. A lot more co-workers had done an overnighter than she thought.

"I raised chickens once..." she said, and the young co-workers were all ears. "Oh, really? Did you live in the country?" "No, I lived within the four gates of Seoul." Someone misheard it. "West gate? Is that where you live? I live very close to it—near the Independence Gate." Although people assumed that she lived in the country because she said she raised chickens, she could actually see the South Gate from her house. "I lived in old Seoul—not

생각했는데 남자들은 온데간데없었다. 그 카페들 중 어디로 들어갔는지 알 수 없었다.

초연의 문을 열었다. 붉은 등불 아래 칸막이가 쳐진 내부가 눈에 들어왔다. 여기도 큐비클인가, 라는 생각이 들었다. 칸막이 너머에서 화장을 짙게 한 여자가 나른하게 일어섰다. 칸막이 어디에도 남자들은 보이지 않았다. "여잔 안 받아요"라고 그 여자가 말했다. 나이 든 목소리였다. 아예 여자라고 가게 안으로 발도 못 들이게 하는 곳이 많았다. 가게 안은 죄다 붉었고 여자들의 화장은 짙었다. 목소리는 걸쭉했다. 그를 찾아야 했다. 이십여 년 전 그날 아침 일을 따져 물어야 했다. 골목을 빠져나오니 길은 또다시 번화가였다. 술에 취한 남녀들이 여기저기서 휘청거렸다. 축제라도 있어 거리로 온통 사람들이 다 쏟아져 나온 듯했다. 어디에도 그 남자는 없었다.

얼마나 어금니를 물었는지 뺨이 아팠다. 긴장이 풀리자 더는 걸을 힘도 없었다. 그를 만나 자신이 하고 싶었던 건 그날 아침 왜 자신을 때렸는지 그 이유를 묻는 게 아니었다. 여자는 주먹을 꼭 쥐었다. 그 남자를 찾아 골목을 뛰어다니면서 여자는 단 한 가지만 생각했다. 그

outside, but inside the four gates."

"Wow," the young co-workers all interjected. "When you raise chickens, you get to know that they sit on the eggs they lay, which means that they know exactly which ones they lay." Young co-workers interjected again, "Wow!" "What? What are you talking about?" Choi, sitting next to her, kept on nudging her, wondering what they were talking about. There was always a traffic jam at the Yeoui Interchange on Choi's way to work, so she didn't see that news about chickens in the morning.

Giggling, somebody said, "By the way, ma'am, the expression 'inside the four gates' is really funny. You sound really old." A few laughed, and others looked serious, probably trying to figure out what that phrase meant. "By the way, ma'am!" The young man across the table from her hit the table with his fist, *bam!* Fish bones scattered and spoons and chopsticks fell to the floor. Although he drank less than half a bottle of beer, he looked dead drunk. "I was sad. I felt sad for the chickens that laid eggs everyday, but didn't know where they went. Then, if they get sick, we just casually bury them in the ground. Last year and the year before, there was an avian flu epidemic, wasn't there? We buried them

남자를 만나 꼭 돌려주리라. 그날 아침의 따귀 한 대를.

거리는 토마토 축제가 끝난 듯 붉고 질척였다.

아무도 없을 거라 생각했던 사무실에선 인기척이 느껴졌다. 다들 귀가하지 않고 다시 사무실로 온 모양이었다. 키스 해링이 있고 박항률이 있다. 프레드 머큐리가 있고 딜버트가 있다. 그리고 그 큐비클 앞에 섰다. 아직도 그 물감 덩어리는 있다. 그런데 덩어리가 푹 꺼져 있다. 여자는 다가가 자세히 들여다보았다. 덩어리의 한가운데가 찢겨 있다. 밖에서 찢은 게 아니라 안에서 무언가가 찢고 나온 것처럼 보인다. 어떤 곤충의 고치였던 걸까. 방금 전까지 그 안에 뭔가 살아 있었고 그것이 나와 사무실 어딘가를 기어다니고 있을 걸 생각하자 온몸이 근질거렸다.

대체 물감 덩어리는 누구였을까? 오늘 만났던 동료들 중 누구였는지 감이 잡히지 않았다. 이봐요! 큐비클 안에 대고 소리를 질렀다. 저기요! 좀 더 목소리를 높였다. 인기척이 느껴지지 않았다. 대신 다른 큐비클들에서 나던 소리들이 일제히 멈췄다. 자신의 큐비클까지 마흔한 걸음이었다. 대체 한 걸음을 어디서 건너뛴 걸까.

last year and the year before. Ma'am!" After calling her again, he stared at her. "Who's taking my eggs, ma'am?" She was almost afraid he might ask her to return his eggs. While she was staring anxiously at him, he simply closed his eyes and immediately his head dropped flat onto the table. Spoons, chop-sticks, and melamine plates jumped up and clat-tered down.

While his co-workers who joined the company the same year as he did took him out, supporting him, the gathering came to a natural close. Sup-porting Choi, she hailed a taxi. Choi's arms were bulging like sausages. She was getting fatter. There would come a day when her nickname, Plumpy, wouldn't suit her any more. Choi kept on slipping away from her and running toward the street. While running, she kept on shouting, "Youngsters these days are hopeless! They don't take drinks their elders offer! Freaks! They are freaks!"

After sending Choi home in a taxi, she started slowly walking. There was no longer a mother waiting for her at home. She decided to go back to the company after she sobered up. At any rate, she could associate with those freaks as far as chickens went. It wasn't an emotional connection bridging

컴퓨터를 켰다. 반짝반짝 커서가 움직였다. 낯선 주소에서 메일 한 통이 와 있었다. 여직원회의 미스 리로부터 소식을 전해 들었습니다, 라고 메일은 시작되고 있었다. 그는 자신을 기억하느냐고 물었다. 여자와 입사 동기로 키가 좀 작고 입가에 점이 있었다고 했다. 그 인상착의만으로는 그 남자의 얼굴이 떠오르지 않았다.

우리들은 박 대리님(나중엔 박 차장님이셨지만)과 미스 김이 연인 관계가 아닌가 생각도 했었습니다, 라고 썼다. 우리들이란 물론 여직원들에게 고삐리로 불리던 신입 사원들이지요, ㅎ ㅎ, 라고 그가 토를 달았다.

메일은 길었고 여자는 천천히 읽었다.

자신의 뺨을 때린 남자는 이미 이 세상 사람이 아니었다. 해외 지사에서 오 년 정도 근무했고 본사로 돌아온 뒤 육 년 동안 더 근무했다고 했다. 병명은 췌장암이라고 했다. 췌장암이란 것이 병명을 아는 순간 이미 손쓸 도리가 없는 병이라는 걸 그때 알았다고 남자 직원은 썼다. 왜 미스 김의 뺨을 때렸냐고 한참 나중에 남자 직원이 물어봤다고 했다. 그는 말없이 웃더니 "때린 사람이 뭐 할 말 있나요"라고만 했다고 한다.

their twenty-year age difference, but a very strange comradeship. It was some awareness that sprang from within their cubicles. *We are all working alone, but heading toward the same destination*.

At any rate, whose were they, those pigment smears?

The signboards in the drinking alley were brightly lit. Drunken men staggered by, their ties loosened and their shirttails fluttering outside their pants. A group of men thronged under the signboard for OB Plaza. One of them shouted, "To the third round!" Others yelled, "All right!" and followed him. A tall man among them stood out. They disappeared down the alley on the left, laughing and making a racket. *That's him!* She ran after them, without even thinking.

In that narrow alley were clusters of small drinking holes with signboards that read Choyeon, Tess, Roses, Partner, and Ants. The bars had no windows and their entrances were small, but their gates looked formidable. She thought that she had immediately followed them into the alley, but they were nowhere to be found. She couldn't figure out which of those bars they had gone into.

She opened the door of Choyeon. She could see

그는 말미에 이렇게 썼다. 그런데 미스 김 알았습니까? 제가 좋아했던 거.

메일을 닫았다. 뺨까지 맞았는데 여전히 그 남자 이름도 몰랐다. 자신을 좋아했다는 '고삐리' 중의 한 남자도 떠오르지 않았다. 시간을 따져보니 그가 죽은 지 벌써 십 년이 다 되었다. 그의 육체는 진작에 없어졌는데도 여자의 뺨은 날카롭던 남자의 손을 너무도 생생하게 기억하고 있었다. 남자의 손가락은 길었고 차가웠다. 담배도 피우지 않는지 아무런 냄새도 나지 않았다. 길고 긴 손가락이 갈대처럼 여자의 뺨에 착 감겼다. 뺨이 모로 돌아가고 덩달아 상체도 틀어졌다.

남자의 메일에 의하면 자신을 때린 남자는 차장 직급까지 승진했었다. 1980년대 말 넓고도 넓은 사무실이 떠올랐다. 수백 개의 책상들이 앞으로 나란히 하듯 열을 맞춰 서 있었다. 뒷사람에게는 앞사람의 뒷모습이 보였다. 차례차례 하나씩 뒤로 물러나 그의 자리 뒤로 겨우 두세 개의 책상만 남아 있었을 것이다. 사무실 입구에서 임원급들이 앉았던 창가까지는 여자의 걸음걸이로 서른다섯 걸음이었다.

inside, where there were partitions under red lights. She thought, *Cubicles here, too?* Behind one of the partitions, a woman with heavy make-up stood up languidly. She didn't find the group behind any of the partitions. "We don't accept female customers," the woman said. Her voice sounded old. Lots of bars didn't even allow a woman to enter. All bars were red inside and the women were all wearing heavy make-up. Their voices were husky. She had to find him. She had to inquire about the incident that morning twenty years ago. When she came out of the alley, the road was bustling again. Drunken men and women were walking unsteadily everywhere. It looked as if there had been a festival and people were pouring into the street. He was nowhere to be found.

She was grinding her teeth so hard that even her cheeks were hurting. When her tension melted away, she didn't even have strength to keep walking. She didn't want to ask him why he had slapped her that morning. She clenched her fists. Running along the alleys in search of him, she thought of only one thing. She wanted to return the favor—that slap in the face so long ago.

The streets were red and slushy as if a tomato

맞은 따귀 한 대를 돌려줄래도 돌려줄 남자는 이미 없었다. 이렇게 선연한데 그가 없다니 자신을 때린 손이 이제 이 지구상 어디에도 없다는 것이 황당했다. 영문도 모른 채 그에게서 또 한 대 따귀를 맞은 느낌이었다.

순간 차디차고 긴 것이 여자의 발목을 휘감고 지나갔다. 본능적으로 몸이 알았다. 뱀이다. 여자는 단숨에 도약해서 책상 위에 고양이처럼 민첩하게 올라앉았다. 책상과 의자 다리를 유심히 내려다보았다. 칸막이 아래의 빈틈으로 잠깐 검고 긴 그림자가 드리운 듯도 싶다. 여전히 그녀의 복사뼈엔 차가운 감촉이 남아 있다. 손을 더듬어 삼십 센티 쇠자를 찾아 들었다. 언제부턴가 쓸 일이 없던 자였다. 어디로 갔는지 뱀은 보이지 않았다.

여자는 보았다. 시선 아래로 펼쳐진 무수한 큐비클들을. 그 안 고정된 듯 모니터를 향해 있는 머리통들을. 큐비클 밖에 붙인 장식물들과는 너무도 판이한 큐비클 내부도 보았다. 누군가 열 켤레도 넘는 양말들을 빨아 널어 놓았다. 의자 위에서 두 남녀가 사랑을 나눈다. 반만 벗었다. 남자는 누군지 보이지 않고 위에 앉은 여자는 누군지 알겠다. 여자는 소리가 새지 않도록 남자의 입

festival had just ended.

She thought nobody would be in the office, but she was wrong. She could feel it. Her co-workers hadn't gone home. Instead they had returned to the office. There was Keith Haring, and there was Park Hang-ryul. There was Fred Mercury, and there was Dilbert. Then she stood in front of that cubicle. There were those smears of pigment. But the mass looked sunken. She went near it and looked at it carefully. It was torn in the center. It didn't look torn from the outside, but something had broken through from the inside. Was it the cocoon of an insect? Thinking something alive had been inside it, something that must now be crawling somewhere in the office, she felt itchy all over her.

Who on earth was this person, this mass of pigments? She couldn't figure out who it was among the co-workers she had met that evening. "Hello!" she yelled toward the inside of the cubicle. "Hello!" she yelled louder. She couldn't sense any person inside. Sounds from the other cubicles stopped all at once. It took her forty-one steps to get to her own cubicle. *Where on earth have I skipped a step?*

을 한 손으로 막고 있다. 시시콜콜 최가 여자에게 했던 말들 가운데 반은 맞고 반은 맞지 않다.

모임에도 나오지 않았던 대표는 모니터를 들여다보며 멍하게 앉아 있다. 서 있었을 때는 보이지 않던 그의 머리 정수리에 둥글게 머리카락이 빠져 있다. 얼떨떨한 표정이 마치 자신이 낳은 알이 어디 갔나 생각하는 듯하다. 비키니 차림의 이십대 사진을 포스터 크기로 확대해 붙여 놓은 건 바로 최다. 최에게도 그런 시절이 있었다니, 사진 속의 최는 정말 아름답고 풍만하다. 아까 택시를 태워 집으로 보냈는데 언제 돌아왔는지 자리에 최가 앉아 있다. 타닥타닥타닥, 누군가와 미친 듯 채팅을 하고 있다. 타닥타닥타닥. 타닥타닥타닥.

최와 나는 과연 살아서 이 큐비클 안을 나갈 수나 있을까. 여기서 인생을 탕진하지 않겠다는 약속을 잊어버린 우리가 과연 닭들의 지능지수가 한 자릿수라고 업신여길 수 있는 걸까. '큐브 농장'이라고 불리는 비좁은 칸막이 안에서 일하는 우리가 과연 닭을 동정할 만한 처지에 있기는 한 건가. 하지만 우리가 가장 두려운 건 동시에 사무실의 모든 큐비클이 사라지는 것이다. 큐비클이 모두 사라지고 마주치는 서로의 얼굴들이다.

She turned on her computer. The cursor was glimmering. There was email from an unfamiliar address. It began with, "I heard from Miss Lee of the Female Staff Association." He then asked if she remembered him. He said he joined the company the same year she did, and that he had a small mole near his mouth. She couldn't remember him from that description.

He wrote, "We thought Deputy Park (later Vice Chief Park) and Miss Kim might be lovers." He elaborated, "I mean by 'we' of course the newbie female employees called high schoolers, haha."

The email was long and she scrolled through it slowly.

The man who had slapped her in the face was dead. He worked for about five years at the overseas branch of the company, after which he returned home and worked at the headquarters for six more years. He died of pancreatic cancer. The man wrote that he only learned because of Deputy Park that pancreatic cancer couldn't be cured. He said he asked Deputy Park later why he slapped Miss Kim in the face. He said that Deputy Park silently smiled and only said, "Can there be any ex-

여자는 자리에서 일어섰다. 천장이 닿을락 말락 했다. 수많은 큐비클들이 조감도처럼 아래로 물러났다. 갑작스레 쓴 근육들 때문에 내일은 좀 고생을 할 것이다. 그래도 아까는 민첩했다. 세포들 속에 아직 젊은 시절 민첩함이 남아 있는 것이다. 저 멀리 큐비클 안에 한 여자가 엎드려 있다. 뒷모습만으로도 사십대 중반에 이르렀다는 걸 알 수 있다. 항아리처럼 살이 쪘다. 정수리의 머리숱도 줄었다. 아무래도 그 여자가 자신인 것만 같다. 최는 누군가와 연신 메시지를 주고받는다. 타닥타닥타닥, 누군가에게 여자의 죽음을 알리고 있는 것은 아닐까.

수많은 큐비클들이 모여 만들어 놓은 모양이 꼭 무언가를 닮았다. 구글 어스로 보는 지구의 모습 같다. 땅에서 멀리 떨어지면 보이는 것들이 있었다. 평지에서는 평범해 보이던 건물도 하늘에서 보면 십자가 모양이었다. 그건 인간이 아니라 하늘에 계신 신의 눈을 위해 만들었기 때문이라고 했다. 조금만 더 위로 올라서면 잘 보일 텐데, 큐비클들 모양이 방사형 같기도 하고 회오리 모양 같기도 하다. 땅에 발을 대고 서 있는 이상 우린 결코 볼 수 없다. 저 위에 있는 신만이 볼 수 있을 것이다. 결국은 우리의 의지를 벗어난 일이다.

cuse for a culprit?"

He wrote at the end of the email, "By the way, Miss Kim, did you know that I liked you?"

She closed the email. Although she was slapped in the face, she still didn't know the man's name. She couldn't remember who this "high schooler" was who confessed that he liked her. She counted the years and realized that the man had died almost ten years ago. His body had already disappeared, but her cheeks still recalled his sharp gesture so vividly. His fingers were long and cold. Perhaps he didn't smoke, since there was no smell. His long, long fingers wrapped around her face like reeds. Her cheeks turned sideways and her upper body followed them.

According to the man's email, the man who slapped her in the face advanced to the position of vice chief. She remembered the spacious office in the late 1980s. There were hundreds of desks lined up in straight rows as if about to execute a *Forward, march* maneuver. The person sitting behind could see the back of the person in front. There could only have been a few desks behind the man's desk that stood behind so many others in a row. It

수많은 큐비클들 사이를 길고 검은 그림자가 휙 가로 지른다.

『여름의 맛』, 문학과지성사, 2013

took her thirty-five steps from the entrance of the office to the window-side quarter where the officers were sitting.

Even though she wanted to return the slap-in-the-face she received, he was no longer in this world. It felt outrageous that the hand that slapped her no longer existed anywhere on earth despite her vivid sensation. She felt as if she had been slapped in the face again by him without even knowing it.

At that moment, something cold and long passed by her after twining around her ankles. Her body instinctively knew that it was a snake. Instantly she jumped up onto her desk and quickly sat on it like a cat. She looked down at the legs of her desk and chair very carefully. It seemed that a long and dark shadow was momentarily lingering in the gap under the partition. She could still feel that cold sensation on her ankles. She felt around her desk and picked up a thirty-centimeter ruler. At some point, she no longer needed it. She couldn't find the snake that seemed to have disappeared.

She saw the vast expanse of numerous cubicles below her eyes. She also saw all the heads in them that were riveted on monitors. She could also see the inside of cubicles that looked completely different from their external decorations. Someone had hung up more than ten pairs of washed socks. A couple was making love on a chair. They were only half naked. She couldn't see the man, but she could recognize the woman sitting on top of him. She was blocking his mouth in order to prevent any sound from escaping. Half the rumors Choi told her were true and half were false.

The chief who hadn't come to the gathering was absentmindedly staring at his monitor. She could see the crown of his head that was invisible when he was standing. There was a round bald spot. His bewildered look seemed to say that he was wondering where the eggs were that he had laid. The person who hung a poster-sized picture of herself in her twenties in a bikini was none other than Choi herself. Choi had days like those... She was really beautiful and voluptuous in the picture. Choi whom she had sent home in a taxi must have come back to the office. She was sitting in her cubicle. *Tadaktadaktadak*, she was chatting like crazy with someone. *Tadaktadaktadak*. *Tadaktadaktadak*.

Could Choi and I really get out of these cubicles alive?

Could we, who forgot our promises that we wouldn't waste our lives here, look down on chickens, saying that they only have a single-digit IQ? Are we who work in cramped cubicles called a "cube farm" in any position to pity chickens? But what we fear most is the disappearance of all the cubicles in the office. We fear those faces we would meet after all our cubicles disappeared.

She stood up from her desk. Her head almost touched the ceiling. Numerous cubicles receded downward as in a bird's-eye-view. She would suffer from some pain the next day because she used muscles she hadn't ordinarily used. Nevertheless, not long ago she had been pretty quick. The memory of her quickness in her younger days still lingered in her cells. Far away in a cubicle, a woman lay face down. Her back showed that she was in her mid-forties. She was so fat she looked like a jar. Her hair had thinned as well. Anyhow, that woman looked like herself. Choi kept on exchanging messages with someone. *Tadaktadaktadak. Perhaps Choi was telling someone about her death?*

The clusters of numerous cubicles reminded her of something. It looked exactly like the earth as seen from Google Earth. Some things could be seen only from far away. Buildings that looked ordinary on earth looked like a cross from the sky. They said it was because the building was designed for the eyes of God in Heaven, not for human eyes. If she could just climb a little higher, she could see better... Cubicles looked radial or perhaps whirly. *As high as we stand on earth, we can never see it. Only God up there can see it. In the end, it is beyond the purview of our will.*

A long, dark shadow quickly traverses the spaces between endless cubicles.

Translated by Jeon Seung-hee

해설

Afterword

큐비클이 만든 우울한 세계

이현식 (문학평론가)

하성란은 도시의 일상적 모습을 세밀하게 묘사하여 이를 소설로 만들어내는 데에 성과를 거두고 있는 작가이다. 1999년 동인문학상을 수상한 「곰팡이 꽃」은 IMF 체제 이후 한국 사회에서 경제적 풍요라는 거품이 사라지면서 드러나는 일상의 실체를 정면으로 다룬 수작이다. 「오후, 가로지르다」 역시 소통 부재의 인간관계와 도시적 삶의 실체를 은유적으로 그려낸 작품이다. 「오후, 가로지르다」는 은유가 강화된 대신 서사의 줄기는 이완되어 있다. 도시에서의 생활과 사람들 사이에서 맺어지는 인간관계의 단면은 은유적 형식을 통해 명징하게 드러나는 반면, 소설 속 이야기는 단조롭고 평면적

A Depressing World of Cubicles

Lee Hyeon-sik (literary critic)

Ha Seong-nan is known for her brilliant and detailed fictional depictions of daily urban life. "Mildew Flower," the winner of the 1999 Dongin Literary Award, is an excellent story that deals with people's everyday lives during the IMF period, after the economic bubble burst in Korea. "Traversing Afternoon" also presents the reality of urban life by depicting human relationships devoid of communication. In doing so, "Traversing Afternoon" is more metaphorical than narrative. Whereas it clearly captures fragments of relationships between people living in an urban environment in a metaphorical way, the narrative is monotonous and dreary.

이다.

이름 없이 그냥 '여자'라고만 지칭되는 한 인물의 직장 생활이 「오후, 가로지르다」가 보여주고 있는 도시적 삶의 모습이다. 수많은 큐비클 중 하나의 큐비클 안에 틀어박혀 업무를 처리하는 여자의 생활 그 자체가 현대 도시에서 살아가는 사람들의 삶의 실체이다. 그런 점에서 「오후, 가로지르다」에서 큐비클은 은유적 장치의 핵심을 이룬다. 큐비클은 업무의 효율성을 위해 칸막이로 둘러쳐진 작은 공간이다. 수많은 큐비클이 들어차 있는 여자의 회사는 현대 사회의 축소판이나 마찬가지이다. 사람들은 저마다 자신을 드러내기 위해 큐비클의 문에 장식을 하기도 한다. 철 지난 포스터를 붙이기도 하고 옷을 걸쳐 놓거나 복제된 그림을 붙여 놓기도 하는데, 그러나 그런 장식은 정작 그 안에 들어가 있는 사람이 누구인지를 알게 하는 것은 아니다. 오히려 호기심만 증폭시킬 뿐이다. 그러면서도 그들은 큐비클이 치워지고 민낯이 드러나는 것을 두려워한다. 관계를 전면적으로 갖게 되는 것은 힘들고 귀찮은 일이다. 사람들은 큐비클 안에서 채팅을 하기도 하고 업무를 처리하면서 제한된 자유를 누리는 것에 더 익숙해져 있다.

In this story, urban life is shown through the workplace experience of the main character, an unnamed woman. Her life, focused on her work and imprisoned in just a single cubicle out of many, is a metaphor for the reality of people's lives in modern cities. In this sense, the cubicle is the essential metaphorical device in "Traversing Afternoon." A cubicle is a small, enclosed space designed to maximize efficiency in the workplace. The company where the main character works is full of cubicles and is a microcosm of modern society. People decorate the outer walls of their cubicles to express their individuality. They hang old posters, clothes, or mass-produced pictures, but these decorations don't really let others know their true identity. On the contrary, they only make others more curious. Nevertheless, people are afraid of going outside their cubicles and meeting others face-to-face. A more comprehensive relationship requires effort, and therefore is bothersome. People are used to enjoying limited freedom, working and chatting within the boundaries of their own cubicles.

The world that "Traversing Afternoon" depicts is made up of lives confined within these cubicles. As

「오후, 가로지르다」에서 그려지는 세상은 이렇게 큐비클과 더불어 사는 삶이다. 큐비클은 이 작품에서 작가 스스로 묘사하고 있듯이 양계장의 닭들이 사육되는 공간과 비슷하다. 꽉 짜인 공간 안에서 알을 낳거나 살이 찌워지거나 인간의 목적에 맞도록 닭들이 사육되듯이 큐비클 안의 인간들도 그렇게 사육되는 존재들이다. 여자가 "'큐브 농장'이라고 불리는 비좁은 칸막이 안에서 일하는 우리가 과연 닭을 동정할 만한 처지에 있기는 한 건가. 하지만 우리가 가장 두려운 건 동시에 사무실의 모든 큐비클이 사라지는 것이다. 큐비클이 모두 사라지고 마주치는 서로의 얼굴들이다"라고 말하는 것은 소통이 단절되고 자기만의 성 안에서 자족하고 있는 현대인의 처지를 고백하는 것과 다르지 않다.

그런 점에서 「오후, 가로지르다」가 그려내고 있는 세상은 우울하다. 거기에는 희망도 없고 희망을 만들어갈 싹도 별로 보이지 않는다. 여자의 애인은 오래전 해수욕장에서 불의의 사고로 생명을 잃었고 한동안 함께 살던 엄마도 이젠 돌아가고 없다. 여자는 말 그대로 홀로 큐비클 안에서 늙어가며 살아가는 일 외에 할 수 있는 일이 없다. 그렇다고 큐비클이 없던 시대가 좋았는

the author describes in the story, a cubicle is similar to a chicken coop. As chickens are raised for human purposes, being fattened and laying eggs in a tightly confined space, so human beings are raised within cubicles. The main character says to herself, "Are we who work in cramped cubicles called a 'cube farm' in any position to pity chickens? But what we fear most is the disappearance of all the cubicles in the office. We fear those faces we would meet after all our cubicles disappeared." This is an acknowledgement of the modern situation in which there is no longer communication among people and they are self-satisfied within their own castles.

The world of "Traversing Afternoon" is depressing. There is no hope, and not even a clue to hope. The main character's lover died in a swimming accident a long time ago, and her mother, with whom she lived for a while, passed away as well. She has nothing else to do than live and get old within the confined space of her cubicle. The time before the cubicle was introduced was no better. There is a description of when there were no cubicles, only desks arranged in hierarchical order. The memories of that open space in which everything was

가 하면 그것도 아니다. 「오후, 가로지르다」에는 큐비클이 없던 시절 넓은 사무실에 서열에 따라 책상이 배치되었던 때가 묘사되어 있다. 모든 것이 노출되고 상급자에게 감시되도록 책상이 놓여 있는 사무실의 탁 트인 공간 배치는 결코 즐거운 추억이라고 말할 수 없다. 항상 상급자에게 자신의 뒷모습이 노출되도록 좌석이 배열된 직장에서 여자는 자신의 자리로부터 세 칸이나 뒤에 있는 남자에게 영문도 모르고 뺨을 얻어맞는다. 가까운 사이도 아니고 직급도 자기보다 높아 직접적으로 업무와 연결된 처지도 아닌데 남자에게 이유 없이 뺨을 맞은 여자는 20년이 흐른 지금도 그 남자를 찾는다. 뺨을 때린 이유를 듣고 싶어서였다. 「오후, 가로지르다」에서 여자가 타인과 지속적으로 소통하려는 행위는 '최'라는 동료와의 일상적 접촉 이외에 자신의 뺨을 때린 그 남자를 찾는 일이 거의 유일하다. 그러나 그 남자 역시 췌장암으로 진작 세상을 떠났다는 소식을 접하고 여자는 황당한 느낌을 갖는다. 이제 여자는 완벽하게 홀로 남은 것이다. 여자가 살아갈 이유는 과연 어디에 있는가. 소설의 끝에서 여자의 죽음이 암시되고 있는 것은 그런 점에서 우울하고 암담하다.

exposed and workers were subject to the watchful eyes of superiors are not pleasant ones. In her workplace, where her back was always exposed to her superiors, she was slapped across her face by a man whose desk was three rows behind hers, without knowing why she was treated in such a way. After having been slapped for no reason by a man, a higher officer with whom she had no direct work or personal relationship, she is still looking for him, because she wants to return the favor. The main character's effort to communicate with others in "Traversing Afternoon" is limited to her search for the man who slapped her in the face, except for her everyday contact with Choi, her colleague. But she is frustrated in this effort as well, because she receives news that he died of pancreatic cancer. Now she is completely alone. Why should she go on living? The story ends on a dismal note, envisioning the main character's death.

비평의 목소리

Critical Acclaim

평범해 보이면서도 서로 다른 개성을 지닌 채 우리 시대의 권태로운 짐을 하나씩 나누어 짊어지고 있는 인물들의 연장선에서 발자크(H. de Balzac)의 '인간희극'이 자연스레 떠오르기에, 하성란의 인간탐구는 더 지속되어도 좋을 듯한 느낌을 준다. 이처럼 다양한 인물과 사건을 통해 그는 일상의 껍질들을 하나하나 벗겨간다. 그리고 성실한 조사와 관찰을 통해 현실 구성의 요소들 하나하나에 물질적 근거를 확보해가며 단단해 보이는 현실의 표층을 선명하게 그려냄으로써 균열의 효과를 극대화한다. 균열에 의해서만, 그리고 그것이 만들어낸 틈 사이로만 우리의 사유는 펼쳐지고 내일에 대한 우리

Ha Seong-nan's characters, ordinary but unique, and bearing the boring burdens of our times, remind me of H. de Balzac's *Comédie Humaine* and make me want her character studies to go on and on. Through various characters and events, Ha peels away our everyday lives layer by layer. Revealing the material basis of reality through earnest examination and observation, she depicts the deceptively solid-looking surface of reality in detail. This detailed depiction magnifies the cracks existing on that surface. It is only in those cracks and gaps that our thoughts can expand and our hopes for the future find a passage. Hwang Gwang-su

의 희망이 드나들 수 있기 때문이다.

황광수

문자 예술의 상상력에 최대한의 신뢰를 표명하는 그의 소설은, 도시인의 관습적 일상에 대한 정밀한 문학적 해부도라 명명할 수 있다. 하염없이 진부하고 지루한 일상의 풍경들을 자신만의 화첩에서 개성적인 형태로 그려냈다는 점에서 하성란은 보기 드문 역량을 지닌 작가이다. 섣부른 권태와 낭만을 경계하는 하성란의 소설은 사물들이 춤추는 세계에 해부의 칼날을 들이댐으로써 역설적으로 인간 존재의 왜소함과 허약함에 대해 발언한다. 뒷골목 쓰레기통에 버려져 썩어가는 미미한 사물들은 일상의 반복 속에서 마모되어 가는 현대인의 우울한 초상을 상징적으로 반영한다.

백지연

하성란의 소설은 흥미진진한 스토리텔링이나 화려한 카메라 워크에 도무지 관심을 기울이지 않는 고집불통 영화감독을 연상시킨다. 독자의 섣부른 틈입을 허용치 않는 결백한 서사는 지독히도 폐쇄적이다. 이야기꾼의

Ha's stories, which express the author's utmost confidence in the power of th literary imagination, can be called a precise literary anatomical chart of the daily lives of ordinary urban dwellers. Ha is an author of unusual talent in that she can depict endlessly stale and boring scenes of everyday life in her own uniquely interesting style. Wary of reflexive disillusionment and romanticism alike, Ha's stories paradoxically testify to the pettiness and weakness of human beings by thrusting a dissecting knife into the world in which objects are dancing around. Trivial objects thrown out and rotting in dumpsters in back alleys symbolically reveal the depressing portraits of modern men and women becoming worn out by their repetitive daily lives.

Baek Ji-yeon

Ha's stories remind me of a stubborn film director who has no interest whatsoever in exciting storytelling or brilliant camerawork. Her immaculate narrative that doesn't allow for any clumsy intervention by the reader is extremely impervious. Readers used to the kind voices of narrators can be perplexed by Ha's coldness. Nowhere can we find the narrator's desire to show off or exhibit herself.

친절한 목소리에 익숙한 독자들은 그녀의 냉랭함 앞에서 당혹감을 느끼기 쉽다. 어디에서도 이야기꾼의 자기 현시욕이나 누설 욕망 따위를 찾아보기 어렵다. 장면적(scenic) 기법과 개관적(panoramic) 기법 사이의 조화를 강조하는 소설 기술론의 고전적인 충고나 구체적인 설명과 명확한 정보를 기대하는 독자의 안일한 요구는 여지없이 배반당하기 일쑤다. 치밀하고 정교한 현재형 묘사는 초점 화자의 시야를 넘어서는 주석적 서술을 거의 배제한다. 작가는 직접적으로 서사에 개입하는 대신 텍스트의 이면에 몸을 숨긴 채 소설 속 인물들의 움직임만을 뒤좇거나 그 인물들의 시각으로 포착된 이미지들에 집착할 따름이다. 주관이 극도로 절제된 각각의 문장들은 대부분 초점 화자의 객관적인 시각 묘사로 일관된다.

신수정

체조 선수의 정확한 동작이 연상된 것은 군더더기 없는 언어 구사 때문만은 아니다. 이 작가는 작중인물들에게 좀처럼 자기감정을 드러내지 않는다. 작가의 감성이 메말라서가 아니라, 작가가 작중인물에 대한 어떤

Readers, who expect the classic novelistic formula of a balance between scenic and panoramic techniques or concrete explanations and clear information, are often frustrated. Instead of directly interfering with the narrative, Ha hides behind the text and simply follows the movements of her characters or the images they capture from their perspectives. Each sentence, devoid of subjectivity, objectively represents, in general, the focal narrator's perspective.

Shin Su-jeong

Ha's stories remind me of the precise movements of a gymnast, and not just because of their succinct language. She doesn't often reveal her feelings to the reader. I believe this is not because she is indifferent to feelings, but because she has the soul of an artisan who is wary of ruining her work by being swept up in her own emotions. I greatly admire Ha's coldness, which conceals deep within it her sympathy and pity for her characters, while ruthlessly exposing their blind desires and self-deception. Her bare language is more precise than elegant or beautiful, and sometimes this precision is frightening. But this frightening language reveals

감정에 휘말리면 작품을 그르칠 수 있다는 장인의 마음가짐이 있기 때문이리라. 작중인물들에 대한 공감이나 연민을 꼭꼭 여민 채 그들의 눈먼 욕망이나 허위의식을 사정없이 파헤치는 하성란의 비정한 일면을 나는 높이 평가한다. 그의 군더더기 없는 언어 구사는 우아하거나 아름답기보다 정확하고, 때론 그 정확함이 섬뜩하다. 그러나 이 섬뜩함 속에 우리 시대의 아픈 진실이 드러난다.

한기욱

하성란 소설은 이렇듯 기억의 현상학과 사진 메커니즘, 그리고 인간의 사물화 방식을 통해 자명한 세계를 낯설고 기괴하게 비틀어 놓는다. 그러나 예상치 못한 낯선 시선으로 포착하고 인지한 세계의 풍경 속에서 오히려 그동안 은폐되었던 삶의 진실은 발견될 수 있다. 이때 진실이란 무엇이 사실이냐의 문제가 아니라, 이 세계가 무엇을 사실로 만드느냐의 문제와 관련된다. 그렇게 하성란의 소설에서는 누가, 왜, 어떻게 보느냐에 따라 사실은 다르게 구성될 수 있는 것으로 나타난다.

심진경

the painful truth of our times.

Han Gi-uk

Ha Seong-nan's stories defamiliarize and distort the self-evident world through mnemonic phenomenology, photographic mechanisms, and reified human beings. We can find the hidden truth of our lives in the scenery of the world captured and recognized by an unexpected and unfamiliar gaze. Truth, in this case, is not about what is true, but what this world turns into truth. In this way, truth appears to be constructed differently, based on who looks at it, why, and how.

Sim Jin-kyeong

하성란

하성란(河成蘭)은 1967년 6월 28일 서울의 변두리에서 태어났다. 3녀 중 맏이로 아들 역할도 해야 해서 어릴 적부터 집의 퓨즈 등을 갈기도 하는 등 여느 집 딸처럼 얌전하게만 크지는 않았다. 연년생인 동생 때문에 젖을 일찍 끊고 어머니 대신 아버지 품에서 자랐는데, 작가 스스로의 설명에 따르자면 소설 속에 어머니보다 아버지가 더 많이 등장하는 이유가 그 때문일지도 모른다고 한다. 초등학교 4학년, 소년 잡지에서 읽은 시를 베껴 쓴 동시가 한 학기 동안 학교 복도에 붙어 있었고 그때부터 학교 대표 글짓기 선수가 되어 각종 대회에 나갔지만 좋은 성적으로 입상하지는 못했다. 중학교 시절에는 산문과 표어 짓기에 열중했고 고등학교 1학년 때 처음으로 단편소설을 쓰고 주간부 1등, 주야간 통틀어 2등을 차지하는 성과를 거둔다. 그 일을 계기로 학교 공부보다는 소설 쓰기에 더욱 열심이어서 고등학교 3학년 겨울에 처음으로 신춘문예에 투고하는 용기를 내기도 한다.

Ha Seong-nan

Ha Seong-nan was born in the suburb of Seoul on June 28, 1967. The eldest among three siblings, she did not grow up like a typical daughter, but sometimes played the role of a son, helping with the house chores generally expected of a boy like changing fuses. Because of her younger sibling born only a year later, she had to be weaned early and grew up spending more time with her father, which, she explains, could be the reason why fathers appear in her stories more often than mothers. When she was a fourth grader in elementary school, she copied a poem from a children's magazine, which was selected to hang on the school bulletin board. After that she entered various writing contests, representing her school, but did not win the highest prizes. In middle school, she was absorbed in writing essays and slogans. She tried writing short stories for the first time in high school. As a freshman, her short story won first prize in the day school section of her school and second prize in the entire school. From then on

고등학교 졸업 후 1990년 서울예술대학 문예창작과에 입학할 때까지 원목을 수입하는 무역회사에 근무했는데 이때도 해마다 신춘문예 계절이면 열병을 앓고 신문사를 바꿔가며 소설을 투고하곤 했다. 대학 졸업 후 문학과지성사 편집부에 잠깐 근무했으며 1994년 큰 딸을 출산했다. 1996년 단편「풀」로 서울신문 신춘문예에 당선되어 문단에 나왔다. 처음 신춘문예에 응모한 지 꼭 10년 만에 등단한 셈이었다.

등단 이후에는 왕성한 창작활동을 보였다. 그 성과를 인정받아 1999년「곰팡이 꽃」으로 동인문학상을, 2000년「기쁘다 구주 오셨네」로 한국일보문학상을 수상했다. 섬세한 묘사로 현대인의 일상을 잘 직조해낸다는 평가를 받고 있다. 2004년 이수문학상, 2008년 오영수문학상, 2009년 현대문학상을 잇달아 수상했다. 2007년 둘째로 아들을 출산하였고 지금은 가족과 함께 서울 마포에 살고 있다.

she devoted more time to writing stories than to her studies, daring to enter spring literary contests as a high school senior.

After graduating from high school, she worked at a trading company importing natural wood until she entered the Department of Creative Writing at the Seoul Institute of the Arts in 1990. During this period, she continued to enter her short stories into spring literary contests sponsored by different newspapers, catching contest "fever" every spring. After graduating from college, she worked on the editorial staff at Moonji Publishing Company and gave birth to her first daughter in 1994. She made her literary debut in 1996 by winning the *Seoul Shinmun* Spring Literary Contest with "Grass," ten years after her first try.

Ha has been prolific since her debut. She won the 1999 Dongin Literary Award with "Mildew Flower" and the 2000 *Hankook Ilbo* Literary Award with "Joy to the World, the Lord is Come!" She is critically acclaimed for her excellent interweavings of the everyday lives of contemporary people in detailed depictions. She is the recipient of the 2004 Isu Literary Award, the 2008 Oh Yeong-su Literary Award, and the 2009 Hyeondae Literary Award. She gave birth to her second child, a son, in 2007, and currently lives with her family in Mapo, Seoul.

번역 **전승희** Translated by Jeon Seung-hee

서울대학교와 하버드대학교에서 영문학과 비교문학으로 박사 학위를 받았으며, 현재 하버드대학교 한국학 연구소의 연구원으로 재직하며 아시아 문예 계간지 《ASIA》 편집위원으로 활동 중이다. 현대 한국문학 및 세계문학을 다룬 논문을 다수 발표했으며, 바흐친의 『장편소설과 민중언어』, 제인 오스틴의 『오만과 편견』 등을 공역했다. 1988년 한국여성연구소의 창립과 《여성과 사회》의 창간에 참여했고, 2002년부터 보스턴 지역 피학대 여성을 위한 단체인 '트랜지션하우스' 운영에 참여해 왔다. 2006년 하버드대학교 한국학 연구소에서 '한국 현대사와 기억'을 주제로 한 워크숍을 주관했다.

Jeon Seung-hee is a member of the Editorial Board of ASIA, is a Fellow at the Korea Institute, Harvard University. She received a Ph.D. in English Literature from Seoul National University and a Ph.D. in Comparative Literature from Harvard University. She has presented and published numerous papers on modern Korean and world literature. She is also a co-translator of Mikhail Bakhtin's ***Novel and the People's Culture*** and Jane Austen's ***Pride and Prejudice***. She is a founding member of the Korean Women's Studies Institute and of the biannual Women's Studies' journal ***Women and Society*** (1988), and she has been working at 'Transition House,' the first and oldest shelter for battered women in New England. She organized a workshop entitled "The Politics of Memory in Modern Korea" at the Korea Institute, Harvard University, in 2006. She also served as an advising committee member for the Asia-Africa Literature Festival in 2007 and for the POSCO Asian Literature Forum in 2008.

감수 **K. E. 더핀** Edited by K. E. Duffin

시인, 화가, 판화가. 하버드 인문대학원 글쓰기 지도 강사를 역임하고, 현재 프리랜서 에디터, 글쓰기 컨설턴트로 활동하고 있다.

K. E. Duffin is a poet, painter and printmaker. She is currently working as a freelance editor and writing consultant as well. She was a writing tutor for the Graduate School of Arts and Sciences, Harvard University.

바이링궐 에디션 한국 대표 소설 032
오후, 가로지르다

2013년 10월 18일 초판 1쇄 인쇄 | 2013년 10월 25일 초판 1쇄 발행

지은이 하성란 | **옮긴이** 전승희 | **펴낸이** 방재석
감수 K. E. 더핀 | **기획** 정은경, 전성태, 이경재
편집 정수인, 이은혜 | **관리** 박신영 | **디자인** 이춘희
펴낸곳 아시아 | **출판등록** 2006년 1월 31일 제319-2006-4호
주소 서울특별시 동작구 흑석동 100-16
전화 02.821.5055 | **팩스** 02.821.5057 | **홈페이지** www.booGasia.org
ISBN 978-89-94006-94-9 (set) | 978-89-94006-96-3 (04810)
값은 뒤표지에 있습니다.

Bi-lingual Edition Modern Korean Literature 032
Traversing Afternoon

Written by Ha Seong-nan | **Translated by** Jeon Seung-hee
Published by Asia Publishers | 100-16 Heukseok-dong, Dongjak-gu, Seoul, Korea
Homepage Address www.bookasia.org | **Tel**. (822).821.5055 | **Fax**. (822).821.5057
First published in Korea by Asia Publishers 2013
ISBN 978-89-94006-94-9 (set) | 978-89-94006-96-3 (04810)